雨花忠魂

雨花英烈系列纪实文学

在崖上

王崇典烈士传

蒋亚林 著

江苏凤凰文艺出版社
JIANGSU PHOENIX LITERATURE AND ART PUBLISHING

图书在版编目（CIP）数据

在崖上：王崇典烈士传 / 蒋亚林著. -- 南京：江苏凤凰文艺出版社，2020.11（2023.5重印）
（雨花忠魂.雨花英烈系列纪实文学）
ISBN 978-7-5594-5096-8

Ⅰ.①在… Ⅱ.①蒋… Ⅲ.①纪实文学－中国－当代 Ⅳ.①I25

中国版本图书馆 CIP 数据核字（2020）第 153696 号

在崖上：王崇典烈士传

蒋亚林 著

出 版 人　张在健
责任编辑　姜业雨　傅一岑
封面设计　马海云
责任印制　刘　巍
出版发行　江苏凤凰文艺出版社
　　　　　南京市中央路 165 号，邮编：210009
网　　址　http://www.jswenyi.com
印　　刷　阳谷毕升印务有限公司
开　　本　880 毫米 ×1230 毫米　1/32
印　　张　6.25
字　　数　164 千字
版　　次　2020 年 11 月第 1 版
印　　次　2023 年 5 月第 3 次印刷
书　　号　ISBN 978-7-5594-5096-8
定　　价　30.00 元

“雨花忠魂·雨花英烈系列纪实文学”
丛书编委会名单

万里长空且为忠魂舞

中共江苏省委书记　娄勤俭

天地英雄气，千秋尚凛然。雨花台，这片深深浸染着英烈鲜血的山岗，曾见证了几代仁人志士信仰至上、慨然担当的英雄壮举，也铭记着无数革命先烈舍身为民、矢志兴邦的不朽事迹。在这里，彪炳日月、名垂青史的革命烈士就有 1519 人；也是在这里，还有更多鲜为人知的英烈故事，无法铭刻于碑文，没有见诸史册，像一粒粒晶莹的雨花石，深埋在雨花台殷红的泥土里。理想之光不灭，信念之光不灭。英烈们的背影虽然早已远逝，但他们的集体“影像”已定格在永恒的瞬间，那就是义无反顾、慷慨赴死，前赴后继、为国捐躯，用热血和生命铸就了信仰丰碑，在血与火的洗礼中撑起了民族脊梁，谱写出一部又一部壮怀激烈、气吞山河的“英雄交响曲”。

英雄是旗帜，革命英雄是民族的共同记忆。习近平总书记指出：“对中华民族的英雄，要心怀崇敬，浓墨重彩记录英雄、塑造英雄，让英雄在文艺作品中得到传扬，引导人民树立正确的历史观、民族观、国家观、文化观。”为缅怀英烈伟绩、弘扬崇高风范，培育和践行社会主义核心价值观，培养爱国主义、集体主义精神和社会主义道德风尚，江苏省委宣传部、江苏省作家协会组织创作了《雨花忠魂·雨花英烈系列纪实文学》丛书，以文字、文学、文化的形式，讲述英烈的感人故事，表现英烈的高尚情操，诠释英烈的不朽精神。这一个个闪亮耀眼的名字，如同一座座高耸入云的丰碑，始终矗立在一代代共产党人的灵魂深处。这套丛书，为更好地传承弘扬“雨花英烈精神”提供了生动教材，也为教育党员干部走进历史、追寻英烈，激励党员干部不忘初心、牢记使命，永葆革命本色提供了精神之“钙”。

英烈风骨犹存、感召后人；历史启迪心灵、照亮未来。牺牲在雨花台的我党早期领导人恽代英曾说：“我们吃尽苦中苦，而我们的后一代则可以享到福中福。为了最崇高的理想——共产主义，我们是舍得付出一切代价的。”可以告慰雨花英烈的是，经过七十余年的不懈奋斗，近代以后久经磨难的中华民族，迎来了从站起来、富起来到强起来的伟大飞跃，一幅国家富强、人民幸福、民族复兴的壮美图景正在祖国大地上全面展开。

与伟大祖国历史进程同步伐，江苏发展站到了新的起点上。深入贯彻习近平新时代中国特色社会主义思想，努力把习近平总书记为我们描绘的“强富美高”新江苏蓝图化为美好现实，推动高质量发展走在前列，迫切需要我们传承红色基因，用好红色资源，学习雨花英烈的崇高理想信念、高尚道德情操和为民牺牲的大无畏精神，不忘初心，砥砺前行。我们缅怀革命先烈，就要从前辈先贤身上汲取养分和力量，让他们曾经的牺牲和付出，成为今天前进的动力源泉，砥砺我们以永不懈怠的精神状态推进改革再深入、实践再创新、工作再抓实；我们讴歌革命先烈，就要用“雨花英烈精神”，激励全省人民更加主动担当新使命，意气风发创造新未来，不断开辟新时代中国特色社会主义在江苏实践的新境界。这，正是我们对革命先烈最好的礼敬与告慰。

沧海横流，英雄显本色；落花如雨，正气贯长虹。“万里长空且为忠魂舞”，“雨花英烈精神”必将长留在时光的长河和人民的记忆中。

是为序。

目　录

第一章 青葱一少年

一条河与一座城

一条白亮亮的大河，从西北方向的河南境内蜿蜒而来，流入舒展开阔的皖北大地，经过亳州城时身腰轻轻一扭，继续往南而去，一路浮着白云，泛着波光，载着舟楫，舟船里装着米麦豆菽、药材皮革、竹木石料等远近八方的杂货。向南渐渐临近一座小城，它的步伐突然放缓，伸出长臂，一下将一条比它细瘦许多文雅许多的河（名武家河，又名谷水）揽入怀中，于是本自水量充裕的白亮亮的大河越发丰沛阔大，越加高视阔步，浩浩荡荡向南而去。

这条河，叫涡河。

武家河与涡河交汇处的这座城，叫涡阳。

水南为阴，水北为阳，历史上最初的涡阳城委实是在涡河北岸，但因社会动荡，历史变迁，涡阳百姓被迫南徙，涡阳城迫于无奈，挺委屈地跨过这条白亮亮的大河搬移到了南岸。涡河是涡阳城的母亲河，在原始落后的古代，水运是重要的交通方式，一条大河就是一条高速公路，河流的足趾所及，会给两岸带来商品百货、市廛贸易，岁月流转，渐次便孕育出一个镇、一座城。一条大河就像一根长长的丝线，把这些城镇如珍珠一般串起，它们享受水运之利，承蒙无尚福祉，日渐繁荣昌盛。涡阳城的出现，就是缘于这条从河南流来，一直往东南方向流去，流经蒙城，流向怀远，最后汇入淮河的涡河。

涡阳是一座古老的小城，其建城史可上溯到汉魏。隋文帝时，涡阳曾一度改名淝水，其后，涡阳的隶属关系起起落落，变动不居。翻阅史籍你会惊叹，小小的涡阳竟有着无比丰厚的历史文化积淀。老子是道家学派的创始人你肯定知道，可你知道老子的桑梓之地在哪里吗？如果你不知道，涡阳会很骄傲地告诉你，他的家乡在涡阳。

老子的家乡在涡阳，这有涡阳的天静宫为证。

天静宫即老子庙，在涡阳城北十几里处，南临武家河，北倚龙山，坐落在一片风水宝地上。这是一片气势恢弘、体量巨大的古建筑群。走向这片古建筑，首先迎接你的是一座巍峨高大的石牌坊，走过石牌坊，直接面对的是庙宇的山门，门头上悬一泥金边框大匾，上书三个大字——“天静宫”。门里顶檐上又悬一匾，上书“道教祖庭”四个金字。何谓祖庭？祭拜老祖宗的地方。老祖宗是谁？老子也。他是道家的鼻祖，当享供奉。穿过山门，一条大道引领你向前，大道两边古木参天，庙宇毗连，其飞檐斗拱、彩绘文饰，虽因岁月久远而变得油漆暗淡，但其恢弘高古的气象不仅未减，相反更显得浓厚。大殿前有汉白玉的会仙桥，过了桥，有大殿数座：灵官殿、老君殿、三清殿、天师殿、重阳殿、元辰殿、老祖殿。殿前设香炉，殿两边有配房，廊道里有碑刻。据相关文献记载，汉桓帝梦见老子降于此，乃颁旨在此立祠祀奉。后经魏晋隋唐两宋等朝，该庙屡修屡扩，体量不断变大。

作为道家祖庭所在地的涡阳，这里的人们说到老子，他们常常会很骄傲地对你说：曲阜孔庙的排场够大的吧，可它大殿的脊顶比老子的天静宫矮一截。知道这是为什么吗？因为老子是孔子的老师。史书上不是记载着孔子当年恭恭敬敬跑到老子门上求过教的故事吗？

但凡涡阳人，哪怕仅仅是胸有点墨，都不仅能讲出老子授礼孔子、老子骑牛出关的故事，而且在日常生活中还会时不时说出“道可道，非常道”“上善若水”“治大国若烹小鲜”之类的话。

其实，仅仅一个老子把涡阳推到历史文化名城的高度就已经够了，但涡阳偏偏不肯满足，它还挺着腰杆指点着那些令人目眩的家底要你去看。曹操是彪炳史册的千古英雄，可你知道吗？他的故里在涡阳。曹氏父子作为建安文学的杰出代表，他们曾令洛阳纸贵的诗歌文赋永久性地为涡阳抹上了一道绚烂华贵的色彩。而作为一代枭雄的曹操，是古代杰出的军事家，他在涡阳还留下了千古奇观“曹操运兵道”。此运兵道即曹操当年为布兵守城深挖于地下的一个纵横交错、相互通连、一如迷宫的运兵作战通道，用今天的话说，即“军事地下空间”。

除了这些，涡阳还有春秋时期著名的政治家军事家范蠡墓，有留老子著洋洋五千言《道德经》的函谷关关令尹喜墓（今称“尹子孤堆”），有三国时期的张良墓，有竹林七贤之一的嵇康墓，有祀奉东汉著名医学家华佗的华佗庙，有北宋著名道学家陈抟的“卧遗”处，有捻军首领张乐行的故居……这批光耀千秋的历史人物都与涡阳结缘深厚，使涡阳古城古意盎然，充满了一种博大的气象。

上世纪初的涡阳城，还完整地保留着中国几千年沿袭下来的古代城池的建筑形制，整个城四角方整，周遭围以城墙，城墙以方大厚重的城砖砌筑。年深日久，砖体斑驳灰黑，色泽黯淡，这里那里的砖缝中时不时蓬生出一丛丛草，在四季的风中摇曳。背阴处的墙体青苔斑斑，古意浓郁。城墙很高，顶上有城垛，一个挨一个，排列有序。透过箭孔可看到苍蓝的天，飘动的云。垛口不都完整，有的残破了，缺去一角，或塌掉一块。城有四座门，南北东西之间有两条呈十字交叉的驰道，驰道两边排列着无数商家店铺，五行八作。一条条细绳似的小街小巷，以南北驰道为中枢，呈鱼骨状延伸，深深探入两边密匝匝的、青砖黛瓦高低错落的市井人家。

涡阳虽是小城，但气象很大。你坐船从北边河南方向过来，或由南边蒙城一带逆水而上，担着货物或空着手从古码头上岸，一抬头，在你眼前立刻就会横亘出一片青灰色的巍峨城墙，待你一步步走到近前，可看到城门头上嵌着一块被岁月消蚀得色泽暗弱的长方形扁石，扁石上勒着三个填成青色的阴文大字："涡阳城"。

涡阳城历史上的兴盛全归功于涡河。由西北蜿蜒而来一路南下的这条白亮亮的大河，给涡阳带来了船只，带来了行商，带来了柴米油盐、生活器物、饮食享乐、商业店肆。商船不断地过来，涡河的码头日日繁忙拥挤，一两个码头不够，再在河两边建，四个五个，六个七个……码头增加了，街道变长了，城池变大了，东西南北的街上商家店肆如雨后春笋，米店、油庄、绸缎行、皮草行、南北货店、柴禾店、盆桶木器店、估衣店、金银首饰店、铁匠店、饭馆、酱园、浴室、钱庄、当铺、妓院……林林总总，热闹繁华，涡阳成了方圆百里商业的中心。一年四季有多少只船、多少辆车来到这里，你不必去统计，你只要看看码头上那一层层石阶被踩踏磨损的样子，再看看城门洞里长条石板道被马车驴车的大轱辘辗压出来的一道道深深凹陷下去的油光发亮的辙印，就可想见当年有多少行商坐贾出出进进来到这里做生意。

据如今住在老城区的耄耋老翁介绍，当年涡阳城最繁华最热闹的街叫华祖庙街①，它在老城区南边，一进南城门即是。取名华祖庙街，是因为街边有一座祭拜东汉名医华佗的庙。华佗是沛国谯县人，

---

① 华祖庙街，在涡阳老城区，即今天的新华街。

谯县即今亳州，毗邻涡阳。医者行走四乡，涡阳应是华佗常到的地方，因此可算半个涡阳人。华佗当年悬壶济世，涡阳百姓屡受关爱，涡阳的后人于是为他建庙塑像，世代香火供奉。华祖庙街为南北向，是城里的一条主街，两边尽是商家店铺，招牌布幌遮天蔽日，逢到年岁节日，街上人流涌动，喧闹异常。

就是这座涡阳城，是本传传主的故乡。

传主姓王，名崇典。

王崇典的家就在这条华祖庙街。

王崇典的出生之日是1903年6月18日。其时涡阳城里有一批富人，最出名的被人们称为“八大金刚”，他们是马骐骧、马朴仙、马朝治、刘乡谷、刘静章、王瑞堂、王兰、王行吾。从姓氏上看，马、王二姓居多。马姓“金刚”主要在城北，王姓“金刚”多数在城南，因此涡阳素有“南王北马”之说。王崇典的家族在他的曾祖父一辈也是涡阳的旺族，当属“南王”之列，但到祖父辈渐渐衰微下来。王崇典的祖父王协邦，字怡臣，是晚清秀才，凭着祖上留下的产业，日子过得还蛮像样子。他平生爱读书，好交友，老子的一部《道德经》不仅全装在肚里，而且化用在生活里。对于王家衰微下来的原因，据王崇典的弟弟王崇礼①回忆，是因为“祖父乐善好施，以致家道中落”②。至于怎样乐善好施，是修了桥、筑了路，还是捐了学、济了贫？在做好事的过程中又是如何不计后果，置家人反对于不顾？语焉不详。

王崇典的家在华祖庙街，坐东朝西，是一座四合院。涡阳老式的四合院都是青砖黛瓦，以王家当年在涡阳的地位，门口应该有石鼓子，门头上有砖雕门罩，砖雕的花饰无外乎“喜鹊登枝”“五蝠捧寿”之类的图案，刀法风格应该既有徽派的精细，又有中原的豪放。进门

① 王崇典的弟弟原名王崇礼，后因逃避国民党反动派对他的株连，改名王澍淇。

② 见王崇典的弟弟王澍淇所撰《革命烈士王崇典传略》一文。资料来源：涡阳县党史资料征集办公室。

一般都有照壁，两边是厢房，当中一片天井。天井中青砖墁地，四角是砖雕蝠首地漏。院中的厅屋一律的木扇门，格子窗，地上是青灰色罗底方砖，墙上贴着护墙板。

1903 年 6 月 18 日，王崇典“哇”的一声就降生在这座老式四合院里。

一个肉嘟嘟、红粉粉的小生命，一下点燃了王家新生活的热情。作为父母婚后第一个爱的结晶和祖父王协邦的嫡孙，这个小生命自然受到了无上的呵护与珍爱。家人为其取名崇典，“崇”者，有高贵、兴盛之意；“典”，是否有宝典、经典的寓意？取字彝文，又字逸文，这都应该有出处，想必都是出自满腹诗书的爷爷的匠心。

于是，自 1903 年 6 月 18 日始，在这座小小的古老的涡阳城，在这座青砖黛瓦的四合院，王崇典由牙牙儿语、跌爬学步始，开启了他短短 25 个春秋的却又无处不闪耀出夺目光华的生命之旅。

少年为什么如此忧郁？

少年王崇典的生命底色中有一种淡淡的忧郁，此后虽然随着他的年龄增长，阅历增加，其心理、性情、人格、状态有着许多跳跃性的嬗变，但这种源自少年时代的生命潜质，却一直浸润漫延，成为他短短一生的生命底色。这忧郁来自他的双眼。

这是一双少年特有的大眼，黑乌乌的眼珠，目光炯炯，清澈纯净中透着少年的稚气，但在这稚气的背后，却时不时透出一种隐隐的忧郁，这忧郁，即如晴空中飘过的一片云翳。

少年王崇典为什么如此忧郁？

忧郁缘于母亲的早逝。

王崇典的母亲叫什么名字，在街坊们的记忆中已难寻觅。按照旧时习惯，女子出嫁后随夫姓，称呼上应叫作“王某氏”。其实姓甚名何无关宏旨，重要的是，作为一个母亲，她会用自己的一腔柔情哺育自己的儿子，她会将这个幼芽般的小生命不时逗得咯咯欢笑，笑声明朗欢快一如泉水叮咚。可以肯定，少儿时的王崇典是幸福欢乐的，尽管他对这段生活缺少清晰的记忆。可是美丽的花朵都是娇弱的，就像玻璃易碎一样，王崇典儿时幸福的好时光很快就结束了，一个残酷的现实像黑色的铅砣一下撞入少年王崇典稚嫩的生命：母亲去世了。

母亲去世时王崇典年纪尚小。王崇典在他后来进入学堂具备一定思考能力后，曾不止一次在心中发出责问：是什么病夺去了母亲年轻的生命？母亲生病时父亲在哪？涡阳不是有大夫有诊所吗？他们为什么都救不了母亲？

母亲离开这个世界实在是太早了，她除了丢下少年王崇典，还丢下了刚刚断奶不久的王崇典的弟弟王崇礼①。少儿时期虽蒙昧懵懂、不谙人世，但需要温暖的关爱、甘露的滋润是一定的，可是命运之神对王崇典兄弟俩十分刻薄，它把这一切通通地剥夺了。

母亲不在了，但母亲住过的房间还在。家里客厅两边各有一个大房间，按长幼尊卑，东边的上房爷爷奶奶住，西边的下房父亲母亲住，上房下房门对着。父亲长期不在家，王崇典小时候与弟弟都跟母亲一床睡。自从母亲去世后，奶奶把母亲住的房间锁了，平常不再让崇典与弟弟进。阴雨天气，崇典坐在家里经常望着母亲房间的门发呆。门上挂着锁，他想进去进不了。奶奶为什么要把母亲房间的门锁上？锁上就是不让进，这是为什么？房间里挂着母亲跟父亲一起合拍的照片，崇典想看，可是不能。小小年纪的王崇典，不止一次冒出一种想哭的感觉，但他没有让眼泪流出，硬是忍住了。

母爱的天空虽然塌陷，但王崇典有父亲在，父爱如山，父爱的天空应该更加高远蓝净，那上面应高悬着一轮太阳，其阳光灿烂暖热的程度未必就在母爱之下。可是，王崇典没有这样的好运，打从记事起，王崇典就很少看到父亲。父亲最初对于他只是一个概念，尽管大

---

① 见王崇典的弟弟王澍淇所撰《革命烈士王崇典传略》一文。资料来源：涡阳县党史资料征集办公室。

人们屡屡向他灌输强化这个概念，但这个本该异常亲切的称谓，竟然在他脑子里变得模糊了，空洞了。

王崇典的父亲王镇，字维藩。根据他长期供职于芜湖警察局这一情况，可以猜想，他早年就读的可能是警察学校。毕业后他是自己直接闯荡进了芜湖警察局，还是通过王崇典的爷爷或其他亲戚朋友的关系谋得了这个职务，史料里均无交代。在高铁时代的今天，芜湖与涡阳可谓相距咫尺，但在交通落后的民国初年，实在是遥如天涯。去芜湖，需从涡阳坐船南下，先到蒙城，再到怀远，然后转乘津浦铁路至南京，再从南京改乘驶往芜湖的轮船，几经辗转，历时一两天才能抵达。父亲选择芜湖而放弃家乡涡阳作为自己的衣食地，很可能是考虑到芜湖较之涡阳是大码头、大城市，工作岗位好，收入高，将来更有发展前途。但这样的短处是，除了节假日来去匆匆回家一下，平时与自己的父母双亲妻子儿女离多聚少，特别对于少年王崇典和年幼的王崇礼来说，父亲几乎成了一个陌生人。看到别人家的孩子由父亲牵着手上街玩，王崇典也曾在脑海中寻找过父亲的形象。父亲的身架很高很大，穿的是一身让人不易亲近的黑色制服，让人感到像一堵高墙横在面前，使少年王崇典紧张甚至害怕。王崇典到后来才知道，父亲穿的是官家发的警服，肩头上领角上那硬硬的玩意儿是警察的标志。父亲难得风尘仆仆地回来一趟，总情不自禁地把王崇典拉到身边，转身从带回来放在桌上的奶糖盒里取出一块剥去糖纸的糖送到王崇典嘴里，想跟儿子亲热亲热，可王崇典却有些胆怯，两眼大大地对着他，往奶奶或爷爷的身后躲。弟弟崇礼倒是比他乖巧，被父亲抱坐到腿上，将那块崇典不接受的糖块放到了嘴里。父亲后来一直在芜湖警察局工作，母亲去世后不到两年，他又讨了个新太太，建立了新家庭。关于这一点，王崇典最初一直不知道，直到后来读初小三年级时才知道。那天王崇典放学后走出教室，见弟弟抹着眼泪走过来，王崇典问怎么回事。弟弟蓄着的眼泪又流下来，说班上有同学笑话他，爸爸在城里讨了新太太，已不要他了，他成了“男拖油瓶”①。王崇典平生第一次听到“拖油瓶”这个概念，回家问奶奶，奶奶摸摸王崇典与弟弟的头，目光微微低下，布满皱褶的眼眶禁不住红了，她抬手揩着落下的眼泪，把父亲在芜湖又成家的事说了。奶奶说到最后，再一次抚摸着王崇典的头，对他们弟兄俩说：

“这是大人的事，大人要过日子，也难。你们这会还小，不懂得的，等你们长大了就懂了。”

她停了停，又说：“你们千万不要怪他，更不能恨他。他是你们的爸，你们是他的儿，这是化在血脉里的。”

之后王崇典带着弟弟找到了那个欺负他的班上同学，正色警告他：“记住，以后再不许欺负我弟弟，再不许叫他什么‘男拖油瓶’，否则我会揍你！”王崇典将紧攥的拳头挥了挥。

王崇典记住了奶奶的话，不怪父亲，更不让自己恨他。王崇典努力这么做，可做不好，做不彻底。父亲为什么要找个新太太？为什么？他这是不要这个家了吗？不要我和弟弟了吗？他就跟那个女人住在芜湖不回家了吗？他就让我和弟弟跟爷爷奶奶一直过下去吗？王崇典脑子里禁不住经常盘旋着这些问题，答案不可能美好，因此尽管努力按奶奶叮嘱的做，但心中仍时不时冒出一些怨气。

客观上说，父亲组织了新家后还是回涡阳老家的，只是次数比之前少了些。父亲在芜湖工作也忙，回老家一般是春节。春节期间芜湖警察局是给外地工作人员放年假的。父亲利用放年假的机会回来了，可父亲回到家像个客人，什么事也不做，想做也不让他做，因此家里的一切都靠爷爷奶奶。

爷爷是一家之主，但他在处理家庭事务方面有点受老子思想的影响，讲究无为而治。乡下有祖上留下的几亩薄田，族里人代种着，爷

① 旧社会妇女改嫁，与前夫所生的子女带到夫家后，被称作“拖油瓶”，这里转用其义，指男方再婚后与原配所生的孩子。

爷对他们要求极低，每年只要交一些米面瓜薯够王家嚼吃就行，剩余全归他们。族里人都喜欢跟爷爷打交道，觉得爷爷是个开心佛爷。华祖庙街上有家里的一爿店，店面不大，不是前店后作坊的那种，仅够摆两张柜台。店里主要卖些纸墨笔砚印泥颜料等文房用具，当年的涡阳商业气浓，文化薄弱，所以文房用具的生意不可能红火，爷爷也不奢求大的发展，雇了一个人勉强管事，平时只偶尔过去看看，生意上的事一向不太上心，做的是个甩手掌柜。他闲下来最乐意做的事有两件：一是看《春秋》，看《左传》，看《道德经》，看《新唐书》，看的时候有讲究，身子躺在椅子里，椅边茶几上沏一壶毛峰，翻阅吟诵之余，不时放下黄纸书卷，美美地呷上一口茶；再一件乐意的事，是含饴弄孙，教崇典、崇礼读书写字，与两个孙子没大没小地戏耍逗闹，享天伦之乐。

家里整天闲不住的是奶奶。在王崇典的记忆里，奶奶总是颠着一双小脚，整天在家这间屋转到那间屋，不停地忙碌。虽说有一个远房亲戚在家里做女佣，但她只做洗衣浆裳、洒扫庭除、劈柴烧饭之类的粗活，隔三岔五的称盐打油，一日三餐的菜肴安排，以及一家老小四季衣物的更新轮换，都要奶奶张罗。母亲在的时候，可帮着分担，母亲不在了，这一切全落到了奶奶身上。奶奶做什么事都不声不响，她的话很少，似乎所有的话都由爷爷代说了。母亲没了，奶奶成了崇典与崇礼的母亲，她对两个小孙子的疼爱远远超出通常人家的奶奶。崇典记得最清楚的是，母亲去世后弟弟经常哭，女佣哄不住，奶奶总是放下手里的活把他抱过来，左哄右哄，拿拨浪鼓小铃铛给他玩，想办法哄得他不哭，晚上让女佣带他睡不放心，都是奶奶带着年幼的弟弟睡，硬是一口汤一口饭地把他带大。涡阳的冬天很冷，奶奶不仅每天晚上给崇典崇礼兄弟俩的被窝里焐上汤壶，而且在他们上初小时，专门给他们一人准备了一只小巧便携的小暖壶，让他们带到学校去。王崇典觉得这也太娇气了，班上同学很少有人用这玩意，他不肯要，奶奶硬是要他带上，说，天这么冷，手冻僵了，字写不好，先生要责罚的。每年到了清明大冬祭先人的日子，家里总要在香炉里点上高香，在烛台上插上蜡烛敬祖宗，祖宗敬过了，奶奶总要崇典与崇礼给过世的母亲磕几个头，烧一刀纸。

没有母爱的天空是阴沉的，生活在阴沉沉的天空下的孩子，性格容易趋向敏感、多思、抑郁。在有关研究王崇典的多种文史资料里，论及他的性格，研究者们几乎都有一种近似的观点，说他“性情沉静，不轻发言”“遇事冷静，坚韧倔强”①。可见，沉静是他性格的特点，而沉静的根源，则是他垂髫之年失去了母爱，稚嫩的心灵蒙上了忧伤。好在王崇典有深爱他的爷爷奶奶在，二老用他们爱的肩膀撑起了一片晴朗温暖的天空，使少年王崇典尽管生命底色里出现了忧郁的元素，但最终并未变成浓厚的阴霾，只如淡淡的云翳，飘浮在他少年生命的天空。

最初的启蒙

王崇典迟至十岁才正式进入学堂接受教育。据王崇典的弟弟王崇礼于 1950 年回忆，祖父对少年时期的王崇典“爱若宝树，亲自教导读书写字”②。由此可见，王崇典最初的启蒙教育是由爷爷王协邦完成的。

王崇典小时候，爷爷经常搀着他上街玩，给他讲涡阳城，指着青灰色的高高的老城墙告诉他，这是涡阳城的城墙，老祖宗砌的。为什么砌呢？为了抵制敌人入侵，保护城池里的黎民百姓平平安安过日子。还用手指着一样一样给他讲，这，看到了吗？这是城台。城台上那像小房子的，是望楼。望楼干什么用？望楼用来瞭望敌情的。城台上外边一圈叫雉堞，打仗时，士兵可以从垛孔里向下射箭，里面一圈叫女墙。城墙都是经过若干年、若干代，一代代的人修建它，加

① 见王持华《芜湖学生运动史略(附件)》,《安徽文史资料》第二辑。

② 见王澍淇所撰《革命先烈王崇典传略》,资料来源:涡阳县委党史资料征集办公室。

固它，才保存到今天这副模样。爷爷还给他讲涡阳城的历史故事。

华祖庙就在王崇典家旁边，举步即到，爷爷带他进去逛，指着庙堂中央供奉着的油彩斑驳的塑像告诉他，这尊大像是涡阳人的救命恩人，名叫华佗，他活着的年代离当今将近两千年，是中华医药的老祖宗。他在世时专给天下百姓治百病，有妙手回春的本事。小崇典听爷爷讲着，心里禁不住想，华佗老爷爷要是在世多好，他一定能把我妈妈的病治好。小崇典这么想着，两眼在华佗的塑像上停留了许久。

离华祖庙不远有一眼古井，名叫杏花村井，爷爷告诉他，这古井据传有两千年向上的历史，当时这里有座村落叫“杏花村”，陈胜吴广起义时到过这里，喝过这井里的水，陈胜最后就牺牲在这里。冬天里小崇典在家跟着爷爷围着红泥小火炉烤火，听爷爷说过陈胜吴广的故事，知道他们是被押到边疆服苦役，路上硬是受不了折磨，带领穷苦百姓揭竿而起，他们是古代的大英雄。陈胜吴广的传说故事，使得小小年纪的王崇典对这眼杏花村古井有了一番特别的敬意，之后每次走到这里，都会转过脸情不自禁地多看两眼。及至之后到了读书的年龄，他还专门从爷爷的书柜里翻找出相关的书籍，一字一句地扒着看，半懂不懂囫囵吞枣地记住了“蹑足行伍之间，而倔起阡陌之中，率疲弊之卒，将数百之众，转而攻秦”之类的话。爷爷还给他讲捻军起义，首领张乐行是涡阳人，他虽然牺牲了，但他为了领导穷苦大众而与官府斗争直至牺牲，所以涡阳人至今记得他，并为他立碑。

爷爷还给小崇典讲张良，讲曹孟德，讲他们与涡阳的关系。当然，爷爷给小崇典讲得最多的还是道家学说的开山鼻祖老子，讲他出生的传说，讲他拜商容为师的故事，讲《道德经》是一门大学问。说到《道德经》，爷爷还经常吟诵当中的一些千古传诵的名句。但小崇典毕竟年纪太小，无法领会，爷爷拈须微笑道：“不懂不要紧，等长大了，肚里有了墨水，慢慢就会知道它的妙处。”

涡阳城城关有城隍庙，也是爷爷经常带着小崇典去玩的地方。城隍庙里供着城隍菩萨，逢到集市，四乡八镇的人都会赶来，庙前广场上人拥拥的很热闹。除了做生意的，人堆里还有耍猴的，舞刀的，打拳卖艺的，吹糖人的，卖冰糖葫芦的，放西洋景的，走高跷的，卖狗皮膏药的……爷爷给小崇典买一串冰糖葫芦吃，或者买一个糖人让他抓在手里玩，从东边逛到西边，一处一处地看，这是什么，那是什么，一一说给小崇典听。

一座城就是一部书，人的最初阅读都是从这部书开始的。每座城的历史风俗、地域文化汇聚在一起，就成为丰饶的养分，能够浸润滋养一个人生命的根系，从而使其形成特有的禀赋人格。王崇典的爷爷王协邦，在王崇典小小的年纪为他打开涡阳这本古老的书，为他指点阅读，解析释义，这对他最初心理的发育、性格的成长，所起的作用不仅客观存在，而且不可小视。

族里有私塾，爷爷看不上，爷爷觉得自己有的是时间，尤其是心里疼爱自己的一大一小这两个孙子，因此亲自在家教他们读书写字。崇礼比哥哥崇典小两岁，跟不上趟，只能呆巴巴地坐在旁边小凳上听。爷爷最先教小崇典读《千字文》。爷爷教读的方法跟私塾先生不同，他擅书法，讲读前，先把当天要讲的内容一字一句笔墨饱满地写在宣纸上，挂到墙上，让崇典对着看，然后再教读。爷爷读一句："天地玄黄，宇宙洪荒。"小崇典跟读一句："天地玄黄，宇宙洪荒。"爷爷读："日月盈昃，辰宿列张。"小崇典跟读："日月盈昃，辰宿列张。"爷爷不光教他读，还讲解每个字的意思，有时甚至把一个字拆解开来讲，比如"天"，爷爷问崇典，一横下面的这个"大"，像不像一个人两臂伸平双脚张开站在地上？像。那人的头顶上的一横是什么？是天空。爷爷这么教他认字，崇典觉得蛮好玩。不几天，大段大段的《千字文》就顺顺溜溜地背下来了。爷爷看到自己的长孙小小年纪聪慧颖达，领悟能力强，非常高兴。《千字文》之后，爷爷接着拿出光绪年刻印的《幼学琼林》教他读背。有了前面《千字文》的基础，《幼学琼林》自然不在话下。小崇典先是捧着书倚在爷爷怀里读，遇到读错的地方爷爷一点一点给他纠正，十天半月下来，就能倒背如流了。爷爷望着沉着背诵的小崇典，手指拈须，点头晃脑，脸上露出满意的微笑，心里想，这孩子比他老子聪明，是块读书的料，将来一定有出息!

除此之外，爷爷还教他读《神童诗》。爷爷心里想，我家小典典就是神童，这诗专门为他准备的，不让他背让谁背？给他一讲读，果然背得好，一个月不到，通篇都能背下来了。春节他爸从芜湖回来，爷爷向他说到崇典功课做得好，把崇典叫过来，要他背给他爸听，崇典正带着小弟在厢房里叠纸角玩，跑过来站在爸爸面前，眼对着爷爷背道：

天子重英豪，文章教尔曹；
万般皆下品，惟有读书高。
少小须勤学，文章可立身；
满朝朱紫贵，尽是读书人。
学问勤中得，萤窗万卷书；
三冬今足用，谁笑腹空虚。
自小多才学，平生志气高；
别人怀宝剑，我有笔如刀。

背到这里他停下了，两眼望住爷爷。爷爷知道崇典对爸爸一直有些认生，停下来是因为不想背了，笑道：“你爸听得很开心，诗是太长了些，不想全背，就挑当中的一段背一下。”

小崇典望了望爸，目光又转开对着爷爷，一口气背下去：

春水满泗泽，夏云多奇峰；
秋月扬明辉，冬岭秀孤松。
诗酒琴棋客，风花雪月天；
有名闲富贵，无事散神仙。
道院迎仙客，书堂隐相儒；
庭栽栖凤竹，池养化龙鱼。
春游芳草地，夏赏绿荷池；

秋饮黄花酒，冬吟白雪诗。

这是全诗的最后几句，爷爷听完笑道："这小家伙，还会偷工减料嘛，罢了，不难为你了，去玩吧。"

小崇典背书背得好让爷爷高兴，爷爷一高兴就讲故事给他听，讲老子骑青牛出函谷关的故事，讲伯夷不食周粟的故事，讲孔融让梨的故事，讲孟母三迁的故事，讲荆轲易水悲歌勇刺秦王的故事，讲苏武持节大漠心怀汉室的故事，讲完璧归赵的故事，讲夸父逐日的故事，讲女娲补天的故事……小崇典太喜欢听爷爷讲故事了，这些故事的内容能够大半天甚至一整天地让他脑子静不下来，那些闪光的人物，传奇的事件，壮阔的场面，在他脑子里不断闪现，发出声音，连成画面，使他乌溜溜的大眼炯炯发光，半天不说一句话，以至小弟过来扯他要跟他玩也不知道。

爷爷对王崇典的启蒙教育除了背诵诗文，还教写毛笔字。爷爷对写毛笔字的要求很高，第一步是握笔，强调笔握在手，既要轻松，又要有力，笔杆要正，要与鼻梁保持合适的距离。最先的描红，爷爷给他规定，一天要描十张仿①，一张不能少。小崇典觉得描红很好玩，很有意思，一点不厌烦，十张仿描完了，还要描。爷爷取过细看，指出哪个字描得好，哪个字描得不好，不好的字不好在哪里，哪个笔画不准了，走了样儿。对他强调，描红是第一步，是依葫芦画瓢，横竖撇捺，每一笔每一画都要循规蹈矩，不能走样。轻率马虎了，将来写字就会失去章法，不成样子。

经过一段时间的描红，爷爷就让小崇典临帖了。家里开的小店里有专供练字用的米字格本，爷爷去店里查巡生意完毕带了些回来，让小崇典在米字格子里写。小崇典写前，爷爷先亲自执笔示范着写给他看，一边写，一边讲，哪一笔该轻，哪一笔该重，转折时要注意什么，

① 过去私塾或学堂里，孩子开蒙授课学写字时，专供描红的范本。

一捺的煞尾有什么要领。小崇典有些跃跃欲试，爷爷摇摇头，说："急不得，急不得，这是临帖，写前先要读帖，要把帖上的字仔仔细细地看，让每一个字印在心上，然后才能开笔。"数量上要求不高，一天只临一张，但这一张有可能临三遍，临五遍，临八遍，直到爷爷觉得合格了才告结束。

由此不禁令人联想到小崇典的未来。几年后，小崇典进入涡阳初级小学读书，他大字课交上去的作业总是赢得老师一个又一个大大的夸赞性的红圈；他参加学校书法比赛，总能赢得奖项。应该说，这与爷爷最初为他打下的坚实的书法基础密不可分。不仅是书法，作文也是如此。小崇典高小毕业后进入芜湖芜关中学，他的作文在全班乃至全年级屡屡成为优秀范文，他利用课余时间创作话剧并得以演出，应该说这都与爷爷早期对他的教育有关。王崇典的爷爷王协邦对王崇典进行特殊的启蒙教育，给他讲历史传说，讲诗词文赋，讲诗歌中的平仄，讲散文中的声韵，讲"春到清明好，晴添锦绣文"中的美感，讲"将相本无种，男儿当自强"中的深义，这些让少年王崇典受到了最好的哲理启迪与美学教育，为他开启了最早的文学之门。尤其是那些经典的历史故事与远古神话，犹如电光石火，大大激活了小崇典意识深处本自具有的艺术想象的因子，这些因子，到后来便自然而然成为他创作《春思》《李家庄》《烈焰》等一系列话剧作品的潜力。因此可以说，早年爷爷王协邦是在不经意之间播下了一粒文艺的种子，它使王崇典后来成长为一棵花光摇曳、具有超强写作才华的青葱之树。基于这一点可以说，在王崇典整个的成长历程中，爷爷发挥过巨大作用，他老人家功不可没。

小荷才露尖尖角

天不假年，王崇典的爷爷王协邦早早离开了人世。王老先生临闭眼前，对从芜湖赶回来的儿子王镇说："崇典是可树之才，你务必要供他进学堂读书，让他有个好前程。崇礼尚小，日后也要让他上学堂。”

就在爷爷去逝的这一年，王崇典进入了涡阳县公立初级小学。

这一年是1913年，王崇典十岁。

王崇典因为在班上年纪大，个子高，老师安排他坐在最后。一年级国文课上老师讲的内容王崇典早会了，老师看出了他心不在焉，就叫他起来回答问题，竟发现这个高个子的小男生回答问题准确流畅，之后再看他交上来的作业，不光书面整洁，而且没有一处错误。又一次，国文老师在课上发现他翻看闲书，走过去将它收了，课后把他叫到办公室。这是一本张裕钊的《宝剑赞》。张裕钊是晚清书法大家，他所独创的内圆外方、劲拔雄奇的“张体”风靡海内，道光年间曾做过内阁中书，是政坛文坛的一代名宿。《宝剑赞》是张老先生的一本书法精品集。国文老师心生讶异，问王崇典：“你喜欢张裕钊的书法？”

王崇典知道自己犯了错误，低头小声地回答：“喜欢。”

国文老师盯着他脸：“为什么喜欢？”

王崇典抬了抬眼，想看老师的脸但又不敢：“它好看。”

国文老师笑了：“也晓得好看，有眼力。张裕钊的书法确实是神品。喜欢书法是好事，但你不能上课看呀。”

王崇典很认真地说：“我错了，以后我不在课上看了。”

国文老师对他认识错误的态度很满意：“犯错不要紧，能够改掉就好。这书哪来的？”

答：“家里的。”

“你爸的？”

答：“不是，我爷爷的。”

国文老师说：“你不要性急，以后我们会有专门的书法课，课上给大家谈书法，并有足够的时间让你们写字。”

国文老师发现王崇典是个有异禀的孩子，在班上学习成绩出类拔萃，每次考试都是名列第一，自从被叫到办公室谈话后，课上课下极守规矩，又爱班集体，对他十分喜欢。到二年级开了书法课，老师发现他交上来的作业果然不同凡响，其点画结构，轻重缓急，处处合乎法帖。学期中途，学校举办毛笔字比赛，王崇典踊跃参赛，获一等奖，在年级一下引起轰动。他成绩优异，人缘又好，在班上很有影响力，同学们都争先恐后跟他玩。

1916 年，王崇典初小毕业升入涡阳县立高等小学。

读高小期间，王崇典的文章、书法均在全校闻名，常为同学传诵、临摹，街坊邻居都对他刮目相看。其时，王家自从王协邦去世后，家道越发衰落，华祖庙街上的那爿笔墨纸砚店盘给了人家，家里已无力向女佣开发工钱，天不济人，地里又是干旱，王家在乡下的几亩地收成差，族里种田的缴不出粮，家里的米瓮快见底了。在这种情况下，奶奶每天仍要给上学的崇典、崇礼操弄一日三餐，寒暑交替，要给他们准备换季的衣物，日子是越来越捉襟见肘了。王崇典看到奶奶年事已高，每天从早到晚不停地操持忙碌，心里不舍，从学堂回来经常帮奶奶扫地抹桌，劈柴淘米。崇典最不舍的是，早上吃早饭，奶奶都是给他和弟弟捞两碗干粥，一人碗里还卧一只煎蛋，而她自己端着的是一碗照得见人影的稀粥，就着家里腌制的干巴巴的老咸菜。崇典吃不下，要跟奶奶吃一样的，不要搞成两种规格。奶奶说："我老了，消耗少，你与弟弟正长身子，要吃好一点，到学堂读书是费脑子的事，不能受饿，受饿了书读不进去。"

崇典看到家里这种状态开始动起脑筋。学堂里放寒假了，华祖庙街上人涌涌的，一条街上都是挎篮挑担推着车子采买年货的，热闹异常。人们把年货采买齐全，到最后都要花几个铜板请人写几副春联。写春联的都是穿长衫戴眼镜的老先生，街头上摆一个摊子，纸墨笔砚准备着，你告诉他大门写几副，房门写几副，中堂写几副，他抻纸挥毫，立马就给你写，写什么内容，你可以提供，也可以请他安排，吉祥祝福的联语多的是，全在他肚里。墨干了，他给你卷好包好用红绳扎起，你得丢下几个钱。王崇典那天上街帮奶奶打酱油，正好经过一个写春联的摊子，在跟前站了半天。自从爷爷去世后，每年春节，王崇典不光写家里的春联，周围街坊邻居也都过来找他，他的字写得好在这一条街上是出了名的。王崇典想，我为什么不能摆个摊子写写春联，帮奶奶挣些零用钱呢?

王崇典回家把他的想法告诉了奶奶，奶奶瘪着嘴笑了，说："好呀，想给家里挣钱，奶奶怎么会不赞成呢？赞成呀。"

王崇典就由弟弟做帮手，在家门口支起一扇门板，挂起一块招牌，铺下纸墨，做起写春联的小先生。那块招牌上写的是："代写春联，收费低廉，钱物不限，欢迎惠顾！"

出乎兄弟俩的意料，来他们摊上写春联的人居然特别多，多得远远超过年年摆摊的那些老先生，不光有街坊四邻，还有四乡八镇进城办年货的乡民。人们喜欢找他们写，不光因为王崇典字写得端庄，更因为他是个孩子，是一条街上出了名的小秀才。写好了，给铜板的，给东西的，都有。东西五花八门，有米，有面，有油，有豆谷，都是就着自家情况给。开豆腐店的，带来一些豆腐卜页，豆腐才做的，白白嫩嫩，一股豆腐香。开肉铺的，带来小刀肉，肉色新鲜肥嫩，中午饭桌上，这便有了一道美味佳肴。还有送来一捆柴火的，那是开柴火店的，这也挺好，冬天天冷，不光家里烧水做饭要用柴禾，烧炉子烤火也少不了它。

奶奶高兴，我家典典（奶奶平时都这么叫他）能挣钱了，典典有用了。

之后还有一件事让王崇典在涡阳城大大出了一番风头。

涡阳城里只有几家中医诊所，规模都很小，西医没有引进，医疗较为落后。亳州人李少三与涡阳有些渊源，鉴于涡阳的上述情况，决定在涡阳城开办一家医院。基础工作完毕，医院最终起什么名字好呢？李少三左右思量定不下，便向全城征集，最终选中了王崇典给起的"慈安医院"。李少三一看，"慈安"二字好，医者，救死扶伤，仁慈为要，最终的目的使天下黎民安康度日，"慈安"二字正切，就取名"慈安"吧。是谁取的？再一打听，原来取这名字的是华佗庙街上一位小秀才，县城学堂里人人夸赞的少年才俊，听说还擅书法，字写得跟帖上一般无二，春节时一条街上的人家都贴着他写的春联，是个人尖儿。李少三让人找来他写的字一看，是张裕钊体，挺拔大气，果然绝妙，就带着银两，亲自上门请他写匾。王崇典没有想到自己起的名被人家录用，他当时起这个名是因为联想到母亲的病逝，这涡阳城要是早有一家像样的医院，以华佗之医术恩慈于百姓，母亲或许还会健在。王崇典很乐意地接受了李少三先生要他写匾的要求，即以他最擅长的张裕钊体，挥就了“慈安医院”四个擘窠大字。李少三开心异常，当即丢下了两块大洋作为润笔费，回去后嘱人制匾悬挂使用。①这事传出来，一时哄动了涡阳城。在此之后，涡阳城竟不止一家新开的店铺请他写招牌。王崇典一时间成了涡阳城首屈一指的少年书法家。

不想离开你，故乡！

逝川之水往前流，不知不觉流到了1919年。1919年对于王崇典来说是一个特殊的年头。这一年王崇典十六岁，即将从涡阳高小毕业。就在这一年，“五四”运动爆发了。“五四”运动在北京爆发，迅速波及上海、武汉、南京、杭州、广州这些交通枢纽城市，涡阳是一座边远小城，这场运动波及这里的仅仅只是大海的一道道细浪、一星星泡沫，甚至一丝丝咸腥腥的气息。

然而，就是这一丝丝腥咸，很快让王崇典和他的同学嗅到了。

时间是5月初，作为学科代表的王崇典，每天要将班上同学的作业簿送到老师办公室。这一天王崇典走进老师办公室，发现跟以往相比有些异样，几个年轻老师在情绪激愤地议论着什么，嗓音很高，词锋锐利，有人甚至目光如炬，脸上红亮发光。王崇典在轻轻放下作业簿，慢慢退离办公室的过程中，依稀地听到了一些，什么“巴黎和

① 参见石芳霞《为国捐躯雨花台——追记无产阶级革命战士王崇典》，《铁军》，2015年第7期。

会”，什么“二十一条”，什么“山东主权”，什么“弱国无外交”。王崇典如坠五里雾中，全不知道他们说的什么。但之后听到国文老师在班上一讲才明白，原来5月4日这天，在一千多里外的北京，爆发了一场以高校师生为主体的声势浩大的反帝反封建游行示威活动。

放学后，王崇典立刻到街上买报纸看。这一看才知道，原来中国在国际上丢大脸了，中国人在外面被人欺了。整个事情的经过是这样：1919年1月，第一次世界大战战胜国在法国巴黎召开所谓的“和平会议”，中国作为协约国之一参加了会议。会上中国代表提出，要废除外国在中国的势力范围，撤退外国在中国的军队，取消“二十一条”。这都是正义的要求。但巴黎和会不顾中国也是战胜国之一，拒绝了中国代表提出的上述合理要求，竟然决定将德国原来在中国山东的权益转让给日本。此消息传到国内，北京各高校的师生群情激愤，教育界、工商业者及许多爱国团体纷纷通电，斥责日本的无理行径，要求中国政府坚持国家主权。在这种情况下，和会代表提交了关于山东问题的说帖，要求归还中国在山东的德租界和胶济铁路主权，废除“二十一条”等不合法条约。但结果，北洋政府屈服于帝国主义的压力，居然准备在《协约国和参战各国对德和约》上签字。最终，英、美、法、日、意等国不顾中国民众的呼声，在1919年6月28日签订了《协约国和参战各国对德和约》，即《凡尔赛和约》，仍然将德国在山东的权利转送给日本。巴黎和会上中国政府的上述外交失败，直接引发了中国民众的强烈不满，从而引发了北京以高校师生为主体，工商界随之积极参与的“五四”反帝反封建爱国运动，从而引发了震惊全国的“火烧赵家楼”事件。

当王崇典搞清整个事情的过程后，不由攥起拳头，心中充满了愤怒。

山东半岛明明是中国的，凭什么要给日本倭寇？

北洋政府为什么这么委曲求全，惧怕日本国？

王崇典与班上热心时事的几个同学聚在一起议论，观点不一，发生争执，最后去找国文老师。国文老师告诉他们：“答案不是明摆着吗？外国强大，中国弱小，这是强国在欺负弱国，也就是所谓的弱国无外交呀。”

王崇典是班上的优等生，精力一向用在学习上，对国家大事还从没有细想过，此刻面对中国受辱这一大事，不由陷入思索。

那段日子，作为高小三年级的学生，王崇典正迎接最后一学期的毕业考试。考试对于王崇典不成问题，因此复习迎考之余，王崇典不断找报纸看，了解北京及全国各大城市的运动状态。王崇典当时想，自己蜗居涡阳，要是在北京上海多好呀，在北京上海，他就可以与高校的大哥哥大姐姐们一起上街示威游行，高喊口号了。

就在这段日子，学校那面告示墙上不时出现一张张标语，内容是：“外国人从中国滚出去！”“还我青岛，誓死力争！”“反对卖国的二十一条！”“中华领土的主权不容践踏！”王崇典每看到这些标语，都忍不住走过去，心情激动。

一天早上，王崇典与弟弟一同去学校上学，路上经过街北高高竖着红十字的教堂，远远看到教堂前围着一群人，受好奇心驱使，王崇典与弟弟跑过去看。原来教堂门口的墙上贴着一张标语，内容是：“打倒帝国主义！”字很大，墨汁淋漓，最后的感叹号像一枚重磅炮弹。王崇典面对着标语，一颗心不由急跳。

教堂是外国人传教的地方。日久天长，涡阳人其实已适应蓝眼睛高鼻子的外国传教士的存在，但今天，涡阳人为什么会贴出这样的标语呢？王崇典陷入思索。

涡阳虽是一座偏远的小城，王崇典虽不能直接参与伟大的“五四”爱国运动，但“五四”浪潮对涡阳的波及，“五四”精神对涡阳人的辐射，这在十六岁的王崇典身上均有体现。可以说，远在北京爆发的这一场反帝反封建运动，让王崇典一颗年轻稚嫩的心觉醒了，使他读书学习之余，开始把头抬起，目光投向远方，开始关心起国事，关心起民生，关心起民族的命运，世界观迈上了一个新台阶。

1919年对于王崇典之所以是一个特殊之年，还因为在这一年奶奶离开了他。

母亲去世后，对王崇典兄弟俩来说，在这世上最亲最近的人只剩下爷爷和奶奶。爷爷在王崇典上初小前撒手西归，从此之后，与王崇典兄弟俩相依为命，照顾着他们俩吃喝拉撒，他们在外受了委屈遭了磕碰，回来给他们安慰的，都是奶奶。奶奶不光是他们的奶奶，还是他们的亲爹亲娘。可是，奶奶突然丢下他们走了，永远地走了。

丧事是在涡阳老家办的。王家老四合院里人多得插不下脚，和尚在念经，乐器班子吹吹打打，扑鼻扑脸的尽是花圈白幡孝帐挽联，满世界白花花的。父亲哭了一场又一场，哭得很厉害。王崇典一直对父亲怀着怨气，但看到父亲哭成这样，心变软了，有点舍不得父亲了。

发丧的队伍长长地走在华祖庙街上，王姓这边的和奶奶家那边的亲戚来了几十个，这当中一大半王崇典不认识，怎么称呼怎么叫，全不知道。父亲头戴白帽，腰扎草绳，手里抓一根哭丧棒走在最前面，王崇典兄弟俩戴着红布帽跟在后面。白花花的队伍从城里走出，逶迤曲折地往城西走，一路上洒纸钱，跨火，走了半天又半天，终于走到王家祖茔地。奶奶跟爷爷合葬，入葬仪式很复杂，阴阳先生做了许多王崇典看不懂的关目，然后对不同身份的人提出不同的要求，一一按照他说的去做，所有的做完，棺材入坑，撂钱平土。

丧事结束，父亲在老家待了两天就回去了。他吃的公家饭，是公家人，假期一到要回去上班。王崇典正在进行最后的毕业考，父亲考虑再三后对崇典说："你高小毕业了，下一步要读高中，涡阳这边没有高中，有也不行，没人照应你们，你跟崇礼一起跟我到芜湖吧。那边学校比涡阳好，你到那边读高中，崇礼继续读高小。"

学期很快结束了。

涡河，涡阳城，这一下就要离开了，就要走向一个陌生的地方了。天天在华祖庙街上走，一天要走几个来回，哪家门口有石鼓子，哪个店铺的门板上有一个洞，哪段路上的条石裂掉一块，哪家院子里的枣树秋天会结满紫红紫红的大枣儿，王崇典眼睛闭着都能一一指出。一年四季春夏秋冬天天在上面走，都把这条街走活了，走到心里去了。可如今就要离开了，这一走，真不知道什么时候才能回来，王崇典心里真有些不舍。可是不舍也得走，这是铁定了的事。

父亲本打算来接他们，但工作太忙，请假困难，而王崇典偏偏又不想父亲来接，觉得自己都十六岁了，是大人了，带着弟弟去芜湖一点没问题，最终就没让父亲来，一个人带着弟弟，买了船票，一路辗转着直接去了芜湖。

涡阳的轮船码头是熟悉的，但从这码头上坐船出远门还是第一次。王崇典与弟弟坐在拥挤的充满怪味的船舱里，扭脸一直望着舱外。汽笛响了，船启航了，码头开始晃动起来，涡河平阔的岸先是倾斜，随即往后退，码头上的房屋、货物、树、送行的人，渐渐变小，涡阳城高大的城墙一点一点矮下去，淡下去。

王崇典望着那片越来越淡、淡到接近于无的涡阳城的影子，心里禁不住想，这就是离开故乡了，从今往后，我什么时候才能回来呢?

第二章
青年要做世界的主人

阅读是走向世界的一种方式

王崇典平生第一次来到了芜湖。

芜湖是一座江城，这个江是长江，风高浪急，比涡河宽阔了许多。芜湖跟涡阳比，原来是个大城市，不光街道多，而且宽阔，街两边店面也气派，还有不少楼房。王崇典睁大眼睛看着，感受着，适应着。这个世界是新的，王崇典很开心。

9月，王崇典顺利地考入芜湖芜关中学。

芜关中学是安徽省的省立中学，师资力量很强，是芜湖的一所重点高中。学校离家不远，王崇典每天走读，放学后回家。父亲娶的新太太是一位较新潮的大脚女人，说话声音高，言行举止都有些夸张，让王崇典不习惯的是，她经常跟父亲发些小脾气，不知道为什么，父亲居然有些怕她。继母应该叫妈，弟弟这么叫了，可王崇典叫不出口，真的叫不出口。妈，这是一个多亲多近多让人心软的称呼呀，王崇典觉得这个亲切的称呼只能专属于自己的母亲，不能是别人。他经常想母亲，只是没有对人说，他想得厉害时，会在心里叫，叫得很响。不错，她是爸爸的新太太，可她不是妈呀。

父亲看出了儿子的难处，背后悄悄对他说："她人也不坏，就是说话声音高些，你不想叫妈也不要紧，就叫她阿姨吧。"

王崇典不语，叫阿姨显然有些生分，可是……他最终还是接受了父亲的建议，叫阿姨。

之后王崇典才知道，这个阿姨比父亲小好多岁，她跟父亲时不时发点小脾气，可能就仗着这一点。日子长了王崇典渐渐感觉到，如父亲所说，这位阿姨还真不算坏，对他跟弟弟的生活能够给予不少的关心。

校园的生活永远是欢快的。王崇典高高的个子，皮肤白净，文质彬彬，在同学中很有人缘，尤其是他成绩好，学校里只要搞赛事，无论作文比赛、书法比赛，还是年底辞旧迎新的演讲比赛、歌咏比赛，他只要参加，都能获得很高的奖次，为班级赢得荣誉。在班上，他相处了一批很要好的同学，其中关系最好的当数张振球。

跟张振球之所以走得近，是缘于一本杂志。春天里的一天课间，王崇典发现张振球的书桌上摊着一本书，开本很大，不属于学校的课本。王崇典一直有个爱读书的习惯，爷爷留下的《庄子》《老子》《国语》《左传》《史记》《战国策》等，早被他半懂不懂囫囵吞枣地看过一遍。张振球看的什么书呀？出于好奇，王崇典把它拿起来看看。这是一本杂志，封面设计很特别，名称也特别，叫"新青年"。张振球正在看的这篇文章叫《青春》，文章很长，但当中有一段文字被张振球用铅笔画上了波浪线。这段文字是：

青年循蹈乎此，本其理性，加以努力，进前而勿顾后，背黑暗而向光明，为世界进文明，为人类造幸福，以青春之我，创建青春之家庭，青春之国家，青春之民族，青春之人类，青春之地球，青春之宇宙，资以乐其无涯之生。

读着这段文字，王崇典只觉得仿佛有一只槌在战鼓上有力地敲，其声铿锵，振聋发聩。

这是谁的文章?

翻到前面细看，作者李大钊，王崇典不熟悉。这不是一般的文章，它真的是号角，是火焰，能使人热血沸腾。课后，王崇典立刻跟张振球借阅这本杂志。张振球告诉他，这本《新青年》不是他的，他是借的人家的。王崇典说："我不管你借的谁的，反正你看过了赶紧给我看。这上面的文章太好了。"

王崇典把这本《新青年》带回家看了。他从卷首语看到杂志的最后一页，一篇不漏，一字不漏，看得津津有味，看得如痴如醉。王崇典读的书也不算少，但他从来没有读过这样的文章，它像春三月窗外吹进来的一股风，清新，冷冽，让人提神，使人振奋，令人忍不住想呼，想喊，想攥紧双拳去干一件事情。他把自己的阅读感受告诉张振球，张振球开心地大笑："真没想到，我跟你居然是一样的感受，刚开始读它，夸张一点说，都有点废寝忘食了，我妈都以为我中了魔！"

王崇典兴奋地说道："感受相同，可见知音呀。这本《新青年》是1916年出版的，这如今是1919年，之后应该还有好多期，能把它们都给我看看吗?"

张振球笑了："你这家伙，倒挺贪心的嘛。"

王崇典笑道："贪也不奇怪，这么好的美食，怎么可能不让人胃口大开呀。"

张振球告诉王崇典，《新青年》他是从芜湖五中一位同学那里借的。那个同学是他的朋友，叫江侠生，思想很先进，见解不一般，他手中有许多像《新青年》这样开人眼界、让人奋进的好书好杂志。

王崇典惋惜地说："他为什么在五中而不在我们芜关？在芜关，我们不是可以常到一起玩，好书好杂志资源共享了？你做个桥梁，引荐引荐，让我们认识吧。"

张振球说："这简单，包在我身上。"

过了两天到了星期日，张振球带王崇典直接来到五中江侠生的宿舍。

江侠生戴一副眼镜，一张标准的书生脸。张振球一介绍，他立刻就像老朋友似的拉起王崇典的手聊起来。原来江侠生比王崇典高一级，年龄比王崇典大一岁。看得出，江侠生各方面都比王崇典成熟，性格也相对外向一些。王崇典在江侠生宿舍看到许多新鲜书刊，除了《新青年》，还有《每周评论》《少年中国》《觉悟》《广东中华新报》，都是从未见过的，心里好生奇怪。江侠生见他从这一本翻到那一本，一副很有兴趣的样子，便告诉他："这些书刊并不是我的，我一个穷学生，哪买得起，都是我借的。"

张振球对王崇典补充说明："他是跟他的老师借的。"

王崇典心里想，这位老师有这么多的好书，而且还借给他的学生看，真不一般，我怎么就没有遇到呢。

三人在江侠生宿舍谈了好多话，临走王崇典要向江侠生借些书刊。江侠生慨然答应，从自己看过的书中选了两本递给王崇典，但要他务必看完即还，不能耽搁，因为他是跟老师借的，不能失信。王崇典向他保证，绝对不会有误。

在接下来的日子里，王崇典每天做完学校里的功课，就看江侠生借给他的书刊杂志，看过与张振球交换，并交流一些读后感。有些文章中的观点理论他不完全理解，但又觉得新鲜，到最后便囫囵吞枣，半生不熟地吃下。王崇典看到梁启超的《少年中国说》，觉得这篇文章写得太好了。刚好那天张振球在为班上的黑板报找内容，王崇典就向他推荐梁启超文章中的一段话。张振球一看叫绝。王崇典书法好，班上的黑板报板书多数都由他包揽。他以正宗楷书把梁先生的这段文字往黑板上显要位置一写，勾以边框，第二天立刻引得班上无数同学围观，有人还把它抄到了本子上。梁启超的这段话是：

少年智则国智，少年富则国富，少年强则国强，少年独立则国独立，少年自由则国自由，少年进步则国进步，少年胜于欧洲，则国胜于欧洲，少年雄于地球，则国雄于地球。

班主任看到后，说这内容很好，这话是对我们在座的每一位同学讲的，梁启超先生是要我们努力奋进，自强不息，将来成为国家的有用之材，并吩咐王崇典把它写成书法作品装裱起来，挂在教室里，这样可以日日提醒大家奋发作为！

王崇典觉得班主任老师的提议太好了，第二天就把这事办了。

因为要抓紧阅读江侠生借给的书刊，那段日子王崇典还闹过一个笑话。芜湖晚上九点之后经常停电，九点多钟王崇典不可能睡觉，这个时间最为安静，正是读书学习的黄金时间。电灯不亮，王崇典就点起油灯，油灯的光线虽暗些，但同样可以读书。可油灯里的油不知是质量差还是别的什么原因，灯头上总有油烟升起，灰黑色的，袅袅不绝，这种情况导致的结果是，王崇典就着油灯看上半夜书，鼻尖便会粘上一层黑灰。一天，弟弟半夜起来撒尿，见哥哥捧读不息，就迷迷瞪瞪地对哥哥说："明天还要上学，你赶紧睡吧。"临往被子里钻，借着灯光看到哥哥的脸，吓了一跳，说："哥，你怎么啦？"王崇典整个精神沉潜在书里，一时回不过神，抬眼望着弟弟问："什么怎么啦？"弟弟说："你的鼻子，你的鼻子怎么是黑的了？"

鼻子黑的？怎么可能呢？王崇典抓过书桌上的一面小方镜一照，果然是黑的。用手一抹，那黑立刻到了手上，望望油灯，只见一道灰黑的细烟袅绕升腾，这才明白怎么回事。

1920 年的春天，王崇典学习之余，就这样沉浸在新书刊的阅读之中，那状态，即如饥饿的人扑向面包。王崇典长这么大不曾有过这样内容庞杂的阅读，各种思想、主义、文化观念、价值取向、理想构建、阶级分析，相携手，相背离，相抵牾，相衬托，构成一个五光十色的万花筒，使王崇典应接不暇，浮想联翩。

阅读是一条通道，它让王崇典一步步走出凹地，走上高坡，走进一个新世界，从熹微的天空中看到世界的光。

对，那是世界的光！

王崇典时不时陷入深深的思考。

聆听高语罕老师的教诲

王崇典与张振球在阅读新书刊的过程中，禁不住产生一个共同愿望，想拜见借给他们新书刊的芜湖五中的那位未曾谋面的老师。王崇典把他的这一想法对张振球一说，张振球立刻响应。5月里的一天，他们在向江侠生还书时向他表明了这一愿望。江侠生笑了，仰仰头说："告诉你们吧，他是我的国文老师，姓高，名语罕[①]。语罕，就是语言稀少的意思，名字挺特殊吧？其实高老师的语言并不稀少，他只是把他所要说的话变成了笔下的文章。想见他，太简单了，你们只要在他上课的时候赶过来，往窗子外面一站，就可以清清楚楚看到他啦。"

张振球打断他话头："你这家伙说的全是混账话，如果我们仅仅只是这点要求，跑来找你干什么？"

王崇典态度诚恳地对江侠生说："我们想见他主要出于三个原因，第一，他拥有这么多新鲜奇妙的书刊，让我们心生敬仰，同时又让我们心生好奇，渴望一见。第二，读了这么长时间他的书，使我们受益

① 高语罕(1888—1948年)，安徽省寿县正阳关人，新文化运动的倡导者，中共"一大"前入党的早期党员。早年曾赴日本留学，入早稻田大学就读。辛亥革命后曾任安徽青年军秘书长，与陈独秀结识。1921年，他将在芜湖五中、工读学校等处授课的讲义编纂成《白话书信》，由上海亚东图书馆出版。该书与《尝试集》《独秀文存》齐名，有力地宣传了社会主义思想。

匪浅，想当面向他道谢。第三，在阅读过程中，我们遇到许多问题无法搞清，想请他指点迷津。”

江侠生感觉到王崇典是一个严谨而又不苟言笑的人，觉得不宜跟他开玩笑，立刻向他打招呼：“请别介意，刚才我是逗张振球的，我知道你们的意思了，一定照办。”说着手往张振球一指，“我逗他，是因为他有时候十分讨嫌，也这么撩我呢。”

王崇典目光深深地望着江侠生，点点头，他很欣赏江侠生这种生机勃勃富有趣味的个性。

1920 年 5 月底的一天，经高语罕同意后，江侠生将二人带到了高语罕老师府上。

高老师看上去四十岁不到，中式装束，布衣布服，十分朴素，但细看他的神情目光，可以推知他是那种精神世界丰富且内心强大有力的人；大背头，目光明亮，看人时两眼直对着你，具有一种穿透力。江侠生带着他俩进门时，高老师正埋头伏案写文章，见他们来了，搁笔起身，请他们进屋。

高老师家里很简朴，看不到什么常规的家具，扑鼻扑眼的都是书，书橱好几张，这使本来就不大的空间越发显得狭小。江侠生代王崇典与张振球把上门求见的三层意思说了，高语罕面带微笑，声音宏亮，道：“欢迎光临。谢就不必谢啦，书刊印出来就是供人看的，看的人越多越好，越多越说明富有价值呀。说说吧，你们在阅读中遇到哪些解不开的疙瘩，我们一起讨论讨论。”

张振球望望王崇典：“你先说还是我先说？”

王崇典说：“都一样，就你先说吧。”

张振球说：“我们在最近的书刊上老是看到德先生与赛先生这两个概念，它们是西方的舶来品吗？我们中国有那么多传统文化，为什么要把西方的东西拿来使用？”

高语罕说：“德先生与赛先生确实是舶来品，它们在英语中分别是 Democracy 和 Science，翻译成中文，即民主和科学的意思。这两个概念，最初是陈独秀在《新青年》杂志上提出的。为什么要把人家的东西拿过来呢？道理很简单，因为我们没有，它对我们有用。德先生，即民主精神，你说这一条在过去的中国有吗？我看从来就没有。中国几千年来是个封建的社会，民是什么？民是最底层的泥巴石块，是被剥削压迫的奴隶，不要说做主了，苟活着都难。做主的只是上层统治者。统治者只考虑自身集团的利益，从来无视民的生与死，对民实行的是政治高压。柳宗元不是有句话嘛，叫'苛政猛于虎'，就是对这种状态的描述。天赋人权，上述现象的存在是不合理的，所以中国要启蒙，要倡导民主的精神，即德先生，Democracy。"高语罕端起杯子呷了一茶，又接下去："再说赛先生。中国从古至今，多的是愚氓迷信，缺少的是科学精神。这样的结果是什么？结果是付出惨重代价。你们想想，鸦片战争为什么中国失败？甲午海战为什么北洋水师全军覆灭？八国联军为什么进入北京如入无人之地？全是因为中国不讲科学，科技落后，军事落后，军人手中握的是大刀土枪。大刀土枪跟坚船利炮比，这是天地的悬殊，能抵抗得住吗？失败是必然的结果。痛定思痛，所以我们要提倡科学精神，高高举起科学这面大旗。"

王崇典从来未听过这样的理论，内心很是兴奋，禁不住插言："高老师刚才说到中国几千年是封建的社会，是很少的一些人，也就是统治者，在压迫剥削广大的民，这统治与被统治、剥削与被剥削的两种类型的人，是不是就是我们最近在书刊上经常接触到的'阶级'？"

高语罕目光转向王崇典，他发现这个一直坐在最边上一张椅子上的学生，性格内敛，神情专注，就把目光对着他说："你的思考是正确的，这就是阶级。什么是阶级呢？俄国有个很了不起的革命家叫列宁，他对阶级进行了专门的研究，认为阶级是在历史发展过程中形成的一些大的社会集团，这些社会集团因在一定的生产关系中所处的社会地位不同，因而取得归属于自己支配的那份社会财富的方式和多寡也不同。当前的中国主要存在着两大对立的社会集团，即阶级，一个是资产阶级，一个是无产阶级。资产阶级只是一小部分人，他们占有着大量的社会资源与财富，过着荣华富足的生活，而无产阶级是人类的绝大多数，他们衣不蔽体，食不果腹，多数处于赤贫的状态。这种贫富的巨大悬殊，就是当前中国社会的状态。”

王崇典紧接着又说：“在杂志上，我们曾看到‘剩余价值’的概念，请问高老师，这是一个什么概念？具体包含着什么含义？”

高语罕沉吟了一下，放下手中的茶杯说：“剩余价值是一个经济学上的概念，它是由马克思创立的。它揭示了资产阶级剥削劳动者的秘密，给我们挖掘了造成这个世界少数人越来越富，多数人越来越穷，即社会严重两极分化的根源。”

王崇典问：“马克思是俄国人吗？”

江侠生说：“不是俄国人，是德国人，他是德国著名的政治家、哲学家、革命家。”

高语罕说：“除了这几个家，还要加一个经济学家。”见王崇典与张振球一脸懵懂，便给他们讲解：“剩余价值这个经济学上的概念跟我们日常生活隔得较远，所以一下子可能不容易听懂。不着急，我来将剩余价值形成的过程细说给你们听。资本家都要从事生产对吧？他们生产的全部资本分为两部分，一部分用于购买工人的劳动力，称为‘可变资本’，其价值量在生产过程中是可变的，能通过工人的劳动来增加；另一部分用于购买机器设备、原材料、燃料等，称为‘不变资本’，在生产过程中其价值量是不变的，只是将原来的价值转移到新产品中去。这是一个方面，听明白了没有？明白了再说劳动时间。工人的全部劳动时间分为两部分，一部分叫‘必要劳动时间’，用来再生产工人的劳动力价值，另一部分叫‘剩余劳动时间’，用来创造新的价值。工人在剩余劳动时间所创造的新价值，就叫剩余价值。剩余价值本来是工人劳动的产物，应归工人所有，但是却被资本家凭借对企业的所有权无偿独占了，这就是资本家剥削工人发财致富的秘密，就是马克思的剩余价值理论，大致明白了吗？”

张振球与王崇典点点头。

高语罕接着说：“资本家为了加强对工人的剥削，赚取更多的剩余价值，所采取的途径有两条，一是强迫工人延长劳动时间，二是通过技术进步，缩短必要劳动时间，延长剩余劳动时间，从而获取更多的剩余价值。这种获取是不公平的，是一种剥削。”

张振球愤慨地说：“原来如此。都说劳动是光荣的，劳动创造财富，不劳动者不得食，我们在小学课本上就看到这样的话，这本来是最简单的道理，是放之四海而皆准的真理，可我们眼前的现实是少数人高高在上，不劳而获，占有大量社会财富，使得广大劳动者整天累死累活，做牛做马，最终两手空空，始终处于社会的最底层，这世道实在是太不公平了！”

高语罕目光深邃地望着张振球：“是这样，这就是当前世界的状态，所以社会要变革。”

王崇典感叹道：“马克思真了不起，他让我们看到了世界的本质。”

高语罕说：“刚才听江侠生说，你们在读《新青年》，其实马克思的理论在《新青年》上有过介绍，你们可以找来看看。”

张振球望望王崇典说：“我们好像没有看到过。”

王崇典说：“是的，没有看到过。”

高语罕起身走到书橱前，东翻西找，找到一本，递给坐得离他近一些的张振球：“就是这一期，马克思研究专号，上面有李大钊先生写的《我的马克思主义观》，这篇文章是在中国比较系统地介绍马克思学说的开山之作。”

王崇典待张振球翻了一遍后，很好奇地从他手中接过来翻。是1919年的9月号。

王崇典问：“财富分配不均，无产阶级日子越来越难过，社会矛盾尖锐激化，陈胜吴广起义式的揭竿而起在中国会不会发生？孙中山组建的国民党，有能力解决这一棘手的社会问题吗？”

高语罕说：“这很难说。活下去是人的第一要素，水压过大，水管就会爆裂，水会冲出来。孙中山看到中国的现状，也很头疼，为此，他提出了三民主义的施政纲领。三民主义的第一条民族主义，是指反对满清专治和列强侵略，打倒与帝国主义相勾结的军阀，确保民族自决权，这是对国家主权与民族统一的捍卫。第二条民权主义，是指人民要有选举、罢免、创制、复决这四样权利，目的是要管理政府，而政府则有立法、司法、行政、考试、监察五权以治理国家。第三条民生主义，其原则是，第一要平均地权，实行耕者有其田，第二要节制资本，即私人不能操纵国民生计。孙中山想通过三民主义的实施达到‘人能尽其才，地能尽其利，物能尽其用，货能畅其流’的目的，进而实现国富民强、天下为公的大同社会。这目标显然是美好的，但其历程将会很曲折，很漫长，最终能否实现，尚在探索之中。”

江侠生说：“我在杂志上曾看到对社会主义理论的介绍，请教高老师，它对当今中国社会矛盾的解决，能起作用吗？”

高语罕掷地有声地说：“不是能起作用，而是能彻底地解决问题。”

王崇典禁不住问：“什么是社会主义？”

高语罕下意识地抓起书桌上的一支铅笔，一边在手里摆弄，一边说：“社会主义是一种社会形态，在西语中叫 socialism，它主张整个社会应作为一个整体，社会的产品、资本、土地、资产等由社会拥有和控制，而不是像我们中国现在的状态，被少数地主资本家占有，其管理和分配要基于人民公众的利益。具体地说，就是要人人有衣穿，有饭吃，平等相处，消灭剥削压迫，消除贫富两极分化，实现共同富裕的目标。这样的社会，就是社会主义。”

张振球一竖大拇指：“好！”

高语罕把笔放回桌上：“这种社会形态，顺应人性的根本要求，当然好了。它会得到劳苦大众的拥护，使得天下太平，百姓安康，中国人应该把它作为自己的目标，往这一方向迈进。”

江侠生说：“民众自然会渴望这种社会制度的实现，可那些剥削劳动者剩余价值的资本家，他们会乐意吗？”

高语罕说：“肯定不乐意，所以，这种社会形态的实现是艰难的，它将通过阶级斗争来完成。因为农村的地主也好，城市的资本家也好，他们都是既得利益者，他们不愿意放弃自己的利益，他们要把他们的好日子永远过下去，根本不顾劳动者的死活，而劳动者要生存，又不愿长期受到地主资本家的剥削，于是产生了冲突，这冲突，便是阶级斗争。”

张振球睁大眼问：“会发生流血吗？”

高语罕说：“会，斗争到了白热化阶段，就会引发流血事件。法国的巴黎公社，俄国的十月革命就是例证。”

江侠生说：“我看过一篇文章，叫《法俄革命之比较观》，专门谈到十月革命。”

高语罕说：“那是李大钊先生写的。他还有《庶民的胜利》《布尔什维主义的胜利》《我的马克思主义观》《再论问题与主义》等，都很值得找来看看。”

三人立刻应承：“记住了，之后我们一定找来看。”

王崇典说：“高老师，我还有一个问题想请教您。”

高语罕说：“什么问题，直接讲，讲出来我们一同讨论。”

王崇典说：“对于学生，学校长期以来强调的是心无旁骛，一心读书。可我们处于目前这样一个特殊时代，仅仅按照这一要求做，对吗？”

“这个问题提得好。”高语罕立刻夸赞，“我的答案很明确，远远不够。学生肯定要读好书，就像农民要种好地，工人要开好机器，这是本职，首先要做到，必须要做到。但仅仅如此是不够的。两耳不闻窗外事，民生国事概不关注，躲进小楼与世隔绝，那是旧时代的书呆子。新时代的青年，要关心时事，要有社会担当意识，要身在校园，胸怀世界，要在学好文化知识的同时，努力为社会的进步，时代的发展，人民大众的幸福做一些工作，出一份力，这份力哪怕是绵薄的，微不足道的，也必须出，这才是好样的！”

一番畅谈，不知不觉时间已经傍晚，书房里暗了下来，三人准备告辞。王崇典临走前说：“高老师，目前我们课堂学习之余都在找书看，找杂志看，看的内容很杂，很乱，缺乏系统性，能不能有劳您给我们开一份当今应读的书单，使我们的阅读步上轨道？”

高语罕爽然道：“完全可以。待我过后开好了，让江侠生带给你们。另外，目前我手中正在修订一本书《白话书信》，是专门宣传社会主义思想的，不久将由上海亚东书局出版，到时候我送你们一人一本。”

三人异口同声道：“谢谢高老师！”

从高老师家出来，天边正烧着晚霞。江侠生望着王崇典的脸突然惊异道：“天呀，你的脸怎么这么红？”

王崇典愣怔着，下意识地摸摸脸，滚热。

张振球目光聚向王崇典白皙的脸，是的，一点不夸张，白里透出红色，他不由拍手：“好样的，真是艳若桃花！”转脸再看江侠生，不由惊呼：“你的也是，怎么也红光光！”

江侠生愕然：“是吗？”

再看张振球，也是充满血色。

原来三人听了高老师的讲话，都有点心潮澎湃，热血沸腾。

过了两天，高老师的书目开好了，让江侠生带给他们。这是一张雪浪笺，上面写着一行行细毫楷书。王崇典与张振球头挨着头看，只见上面写了一串书名：

1.《社会主义史》——新青年社出版

2.《独秀文存》——中华书局出版

3.《各国社会主义思潮》——商务印书馆出版

4.《共产党宣言》——新青年社出版

5.《共产党月刊》——新青年社出版

6.《近世经济思想史论》——泰东书局出版

7.《欧洲政治思想小史》——中华书局出版

8.《马克思资本论入门》——新青年社出版

9.《旅欧六周见闻记》——北京晨报社出版

这之后，张振球与王崇典经常往五中跑，就阅读中遇到的问题以及社会生活中的一些特别事件向高老师请教。高老师对他们的到来十分欢迎，总是不厌其烦地以一种共同讨论的方式对他们进行启发教育。师生相谈甚欢，江侠生、张振球与王崇典每次从高老师家出来，都有一种下了一次海或登了一次山的感觉。

1921年元旦来临，江侠生、张振球与王崇典带着一份新年礼物上门看望高老师，感谢高老师长期以来对他们的指点教育。高老师非常高兴，亲自给他们煮咖啡，并每人送了一本刚出版的他的新著《白话书信》。三位同学早就知道，高老师的这本专门介绍马克思主义理论和社会主义基本知识的通俗读本正在付梓，一直翘首以待，值此新年到来之际获此大礼，都有一种饥者面对面包的喜悦与激动。

临离，高老师向三人提出：进入新年之际，希望大家认真思考，作为新时代的学子应该为社会做些什么？

是呀，我们应该做些什么呢？三人在回去的路上议论着。

话剧是一种很好的工具

学校放寒假了。

一天，张振球来找王崇典，约他去江侠生那里玩。江侠生是霍邱人，霍邱离芜湖有多远王崇典不清楚，是坐船去还是坐车去也不知道，况且没有几天就要过年了，跑到人家家里去，妥吗？王崇典把这想法一说，张振球哈哈大笑：“谁说到霍邱啦？我说的是到五中，江侠生还在学校呢，他没回去。”

原来如此。但王崇典暗暗奇怪：都放寒假了，他怎么没回家？就跟张振球去了五中。

到五中见到江侠生才明白，他不回去，是因为组织了几个同学在排练话剧。张振球惊讶地叫起：“真有你的，居然排起话剧，准备开戏院啦？”

江侠生告诉张振球与王崇典，他们是在排一个独幕剧，开学后要在学校演出，怕到时候来不及，所以利用寒假排练一下。

王崇典前不久在剧院看过胡适的《终身大事》，很受益，当时就想，一台戏有这么多人看，看完有这么多人与自己一样受到教育，这话剧宣传教育的效果多好呀。于是问江侠生排的什么戏。

江侠生说，他们五中有一本学生刊物叫《自由花》，他是主编，上面发表各类作品，排的这场戏是发表在《自由花》上的一个小型话剧。因为下学期学校要搞文娱表演，他觉得这个话剧内容好，易表演，就组织了几个同学进行了排练。

王崇典听江侠生说话的同时，脑子里飞快地转着，待江侠生说完，转脸对张振球说：“我一直在思考高老师前不久对我们说的话，作为新时期的青年我们应该做些什么？我们不能只是读书读书纸上谈兵，我们应该实实在在地做出些什么来。”脸复转向江侠生：“此刻我看到你们排练话剧，立刻萌生出一种想法，我们其实可以寻找一些宣传新思想新文化，最好是对当下社会黑暗势力与不合理的现象有所批判的话剧，组织人员进行排练，排练好了走上街头进行演出，为市民百姓做些启蒙工作，我想这一定会取得不错的效果。”

江侠生一下把大拇指竖到王崇典面前：“金点子！可行！我们排的这场独幕剧，是表现一个热爱读书的搬运工人家的孩子，因父亲在搬运货物时不幸发生工伤，致使家庭窘困，无法继续把书读下去的故事。我觉得这种家庭的不幸带有典型性，我们在学校演出后，可以搬到街头上演，人们看了后，一定能激发起对基层劳动者的同情。”

张振球鼓掌：“好得很，一百个赞成！”

江侠生让演话剧的几个同学继续排练，他带着张振球、王崇典到他宿舍小坐，就王崇典刚才的提议进行了商议。张振球提出：“芜关与五中可以联合成立一个小剧团，专门进行话剧演出。”

江侠生说：“人员倒是没有问题，关键缺少剧本。”

王崇典问江侠生：“你主编的《自由花》上还有好本子吗？”

江侠生说：“没了，这目前排的，还是在我指导下经过两次修改才完成的。”

张振球说：“我们可以到书刊杂志上找。”

江侠生笑道：“这你老弟外行了，版权所有，人家的本子，你不可以演，否则就是侵权。”

王崇典想了想说：“我们可以自己写。前几天我看过一场话剧，挺喜欢的。我先回去试试。”

王崇典回去后，立刻着手进行剧本创作。选什么内容这很重要，他跟张振球一同商量。张振球手一摊，说：“这我还真的想不出。你是全年级的文章秀才，作文比赛在全校获过一等奖，这事我想难不了你。”

王崇典说：“不是难得了难不了的问题，我们要考虑的是写什么。随便编一个故事并不难，可我们的这个本子是要演的，演的目的是什么？是宣传真理，开启民智，提高大众的觉悟，所以写什么十分重要。”

王崇典后来确定写一个地主对农民进行剥削压迫的故事。王崇典家在乡下有几亩薄田，王崇典小时候常随爷爷下乡转转。王崇典清楚地记得，有一次他看到一户人家屋场上围着好些人，一个破衣烂裳的男人被人打，一个女人披头散发倒在地上哭，身边还有两个小孩，目光怯怯的，身子不断哆嗦。回头再看打那男人的人，不是一个，而是三个，都凶神恶煞的样子。原来他们是被一个戴着眼镜、身着团花锦袄的人所指使，破衣烂裳的人脸上已被打得流血，那三个人还在不断施以拳脚。而在他被打的过程中，团花锦袄白胖子高声说，我再给你最后三天期限，到时候缴不出，就没收他的房子！王崇典长这么大第一次看到一个人被人凌辱欺负到这种程度，内心很是震动。当时他不知道这是为什么，回去听爷爷说了才知道，原来是地主到村里收地租，租种地主家地的这个农户，去年因干旱欠收，租子缴不出，今年偏偏又遇上洪涝收成不好，两年租子累积起来数字较大，地主于是带着捐棍[①]上门逼债了。爷爷告诉王崇典，农户种地都是望天收，日子从来没保障，因遇上灾年地租缴不出被逼得跳河上吊的，多的是。如今在乡下，就是这么个世道。王崇典当时年纪小，无法理解这些事，但农户挨打的那一幕却如刀刻一般，深深记在心中。

王崇典在创作之前先将故事讲给张振球听，两人反复商量，反复推敲，情节构架确定后，最后花了将近一周的时间，将这个既令他心痛，又使他愤怒的故事写成了话剧。王崇典意识到，那个农户的悲剧其实是他所在的那个村子里若干农户的缩影，更大一些说，是中国整个农村的缩影。于是本子写出来后，他决定就用那个村名作为剧本的名字。但又想想，话剧毕竟不是生活实录，而是艺术创作，不宜完全坐实，因此最后将《王家庄》改名为《李家庄》。

本子写好后，王崇典立刻去找江侠生看。江侠生比他长一岁，还在芜湖及外埠的报刊上发表过文章，王崇典深感他的才情在己之上，因此很想请他提些宝贵意见。王崇典找到江侠生，江侠生对他说："你来得真巧，知道吗，今天已腊月二十七，大后天就是除夕了，我明天就回去，你迟来一步我们就碰不到面了。"听王崇典说本子写好想请他看看，很是惊讶："这么快就写好了？你真神了！我今晚给你看完，明早你过来找我。"

第二天早饭后，王崇典踏着一层白花花的晨霜来到江侠生宿舍。江侠生已收拾好行李准备出发，在宿舍专等着王崇典。见王崇典一身寒气地进来，将放在书桌上的剧本拿起来交给王崇典说："昨晚一口气把它看完了。好本子。没想到，你这脑子里会有这样的故事！写得好，非常好！有思想，有情感，深刻揭露了中国农村黑暗的现实，具

① 捐棍：地方上专帮保甲长收取各种杂捐，或帮地主土豪收取地租与欠债的人。

有强烈的批判性。”

王崇典说：“我是头一次尝试，不知道适合不适合演。”

江侠生说：“可以演，再加强一些动作性，演出效果应该很好。”

王崇典有了信心，寒假还没结束就与张振球找了几名热爱文娱并有表演才能的同学，组织了一个临时剧组，开始了《李家庄》的彩排。排练话剧对于王崇典来说是一件开天辟地的事，没有一点经验，一切都是新的，所走的每一步都是摸着石头过河。而江侠生在这方面比较内行，他要在可以做些指导，可惜他回家过年了。不过一张白纸并不可怕，可以按脑子里的想象在上面描画，分配角色、背剧本、对台词、摆造型、一样一样试着进行。人员不足，王崇典既做导演，又做演员，与张振球忙得热火朝天。

开学之后，王崇典与张振球专门去拜见了高语罕老师，把他们寒假里排练话剧的事做了汇报。高语罕对他们所进行的工作极感兴趣，细细问了《李家庄》的剧情、排练进度、下一步的打算，叮嘱王崇典把剧本送给他看看，如果适合，他将把它推荐到刊物上发表。王崇典对高老师的关爱十分感激，当晚就把本子送到高老师府上。高老师接到手里翻翻，是一沓用针线装订起来的稿纸，扉页上工笔楷书三个大字：李家庄。高老师脸上露出微笑：“这字写得好，可以与帖媲美了。是你写的？”

王崇典点点头。

陪同王崇典过来的张振球说：“他的书法在我们芜关中学是出了名的，学校开大会的横幅都是他写，他在老家还给人家写过招牌呢。”

高语罕用赞许的目光望着王崇典：“好样的！我们时代十分需要像你这样多才多艺的人才，希望你好好发挥才智，为社会多做些工作。”

高老师隔日就把剧本看完，并提出了几条修改意见，王崇典修改后又给高老师看。高老师非常满意，将它推荐给了安庆的一家刊物，不久发表了出来。

《李家庄》排练结束，在校内校外进行了演出，反响很好。芜湖百货公司为丰富员工业余生活，专门请他们到公司进行了一次表演，招待吃饭外，还给每人送了一份礼品。演出的成功与剧本在刊物上的发表，对王崇典鼓励巨大。有限的实践经验告诉王崇典，话剧不只是一门舞台艺术，它还是一件很不错的工具，它可以有效地宣传真理，惩恶扬善，揭露当下社会制度的弊端，起到宣传教育与鼓动人心的作用。但王崇典与张振球也深深感到，他们总是重复地演一个《李家庄》还不行，要有新鲜血液。于是王崇典利用课余时间，特别是1921年的暑假，先后又创作了两个话剧:《春思》《烈焰》。前者以一个基层妇女的不幸遭遇为线索，揭示了黑暗的封建制度压迫下基层劳动妇女的悲惨命运，后者写的是某城市的码头工人，颂扬了他们在帝国主义铁蹄下不甘凌辱奋起反抗的革命精神。①

王崇典一共创作了三部话剧，其手稿一直被弟弟王崇礼所珍藏，惜乎到了抗战时期，居无定所，辗转流徙，三部手稿全部散佚。

学生自治会会长

自1919年“五四”运动以来，芜湖的学生运动呈蓬勃发展之势。1922年4月是中国的一个多事之春，中国政府出于防务需要，在塘沽、天津等处派驻军队，这本是中国境内常规之事，竟然遭到驻京外国使团抗议，荒谬地谴责中国违背了《辛丑条约》，时隔不久，竟有十三艘外国军舰驶达大沽口，声言要以武力执行《辛丑条约》。消息一经传出，举国愤怒，舆论大哗，芜湖几所中学的学生也随之行动。王崇典与张振球以话剧团成员为核心，迅速组织了芜关中学一批学生，与芜湖各中学的师生一同，走上街头，抗议游行，发表演说，强烈谴责帝国主义无视中国主权，肆意侵入中国领土的罪行。

① 参见张继轩《为了革命成功 我死也值得》,《涡阳党史资料》(第一辑),安徽人民出版社,1991年5月版。

抗议帝国主义的学潮刚刚平息，仍然在4月，紧接着直奉战争爆发，北方广大地区陷入战乱。芜湖各校的学生会闻讯后，立刻行动，掀起了一场反对内战，呼求和平，不使百姓生灵涂炭的学潮。

王崇典在学校一向做人实诚，行为有方，加上个子高，皮肤白，人长得帅气，又是年级的学习标兵，因此校里百分之九十以上的人都知道他，策划组织活动总能一呼百应，有着极强的影响力与号召力。但王崇典组织的这一场场学生运动，尽管同学们都热情高涨地参加，学校方面却暗中反对。一天，王崇典被“请”进了校长室。

校长对他有礼有节，先请他坐，然后和蔼地对他说：“你叫王崇典吧？这个名字我早知道了。你是我们芜关中学的骄骄学子，各门成绩皆优，在班上还是学生干部，在同学们当中很有影响力，是这样的吧？我很看好你，未来你一定是个很优秀的人才。我很相信我的眼力。今天我把这话说给你，你好好记住，绝对不会有什么大差错的。”

校长说完这段话，在宽大的阳光明亮的办公室里踱了一个来回，踱到王崇典面前，脚步放缓，语调一变而为低沉：“今天我派人叫你来，是有重要的话对你说。你还不知道呢，我这人有个毛病，这个毛病就是，对自己校里培养出来的优秀学生，特别是那种难得的人尖子，特别关心，特别偏爱。没办法，职业习惯呀。知道吗，你就是我特别关心，特别偏爱的那种优秀学生。因为这种关心与偏爱，因此，我想对你做一些提醒。”

校长说到这停下了，他端起桌上茶杯，慢慢地呷了一口，然后目光举向窗口，悠悠地说：“据我手下老师反映，最近你好像没把精力全部放在学习上，生活内容有些偏离了轨道，是这样吗？我并不反对搞学运，两耳不闻窗外事，那是旧时代的要求，我也不赞成。爱国是一件好事，这是我们一向提倡的。你们的热情可褒可奖，身为七尺男儿，一腔热血，去街上呼吁一下，搞些演讲，贴些标语，没有什么不可，我也是从这个年龄过来的，完全可以理解呀。可是，做任何事都要掌握好一个度，不能走过头。你想一想，你是一名学子，你的首要任务是什么？你的生活核心是什么？毫无疑义，是读书，是学习，是掌握知识。可是近期以来，你忽视了这一点，你组织的各种活动太多了，冲击了主业，影响了学习，这有些本末倒置了。今天我叫你来，就是就这件事对你做个提醒。”

这位校长是芜关中学的当家人，王崇典以往只是在学校开大会时见到过他，他坐在主席台上，王崇典坐在会场下面，今天走进校长室，如此近距离地与他面对，平生还是第一次。校长在说上面这番话时，王崇典一直在认真地听，听到最后，觉得校长的观点不对。王崇典犹豫了一下，想不说的，但还是忍不住说道：“校长，我的想法跟您有些不同，不知道可不可以向您汇报？”

“可以，当然可以，说吧。”

王崇典望着校长道：“刚才您说到本末倒置，我在想，究竟什么是本？什么是末？对于一名学生来说，以学为本显然是对的。但社会呢？国家呢？它们就不是本吗？如果社会出现了问题，国家遭受到凌辱，作为一名新时期的学生，要不要关心？该不该声援呼吁？这些是本还是末？学生以学为主，学习的目的是为了什么？从小处说，是为了自身，为了未来的生存发展，从大处说，是为了国家，为了民族。这大处的国家和民族，是本而不是末呀。因此我觉得，在某种特别的形势下，学生应该暂时放下书本，投身到斗争洪流中去，为国家与民族贡献出自己的一份力量。当然我们不能因此而荒废了学业，我们离开课堂只是暂时的，一旦问题解决，立刻就会回到课堂，更加专心地投身到学习生活中去，一丝一毫不敢马虎。”

校长早已听说王崇典具有辩才，此刻听了他这番滔滔不绝的讲说，深感此言不虚。他沉吟了一下说：“从理论上讲，你的观点没有什么错。位卑不敢忘忧国，古人早就这么讲过嘛。但国家大事由政府专门的人去考虑，去处理，你们作为学生，人微言轻，上街搞一些游行，做一些演讲，丝毫也解决不了问题。尤其是，你们频频地搞这些活动，对学习客观上造成了不利的影响。而你作为一名学生干部，在众多同学中具有一定的影响力，应该处处以身作则，做好表率，带领大家共同搞好学习才是。因此，我希望你当止则止，把大家带回到课堂上来，把精力转移到学习上来。我这么提醒你，这不仅是对你本人的爱护，也是对广大同学的负责，你务必要收收心，不可以再这么下去了。”

王崇典知道，处于校长的位置必须这么考虑，这么要求，这不能怪他，因为他是一校之长呀。但他实在无法完全按照校长的要求去做，因此到最后只是含蓄地对校长表态：“您的话我记住了，今后我一定注意改进，把学习搞好。”

王崇典从校长室出来，张振球立刻问他什么事，王崇典把校长与他谈话的主要内容做了简述。张振球不满道：“校长不组织师生进行声援，还反对我们的行动，也太荒唐了吧！”

王崇典说：“身为一校之长，希望大家四平八稳、循规蹈矩也是可以理解的，问题是，他的想法与我们的做法出现了差异，而且这种差异很大。在这种情况下，我觉得我们应当倡导自治，成立学生自治会，开展我们的工作。”

张振球说：“你说得很对，要成立学生自治会。据江侠生讲，省城安庆好些学校都成立了，北京上海南京这些中心城市，前两年就开始有了。”

隔了一天，王崇典与张振球去找江侠生，把他们的想法跟他做了交流。江侠生说：“我们想到一起了，这很有必要。成立了自治会，我们可以借助自治会这一组织进行宣传发动，大张旗鼓地开展工作，而不是像现在这样到处找人，分别谈心，腿跑断了，嘴皮磨破了，效果还不佳。有了自治会，一切将会改观。要成立就尽快成立，不必拖下去。”

三人都有些兴奋，立刻就自治会的成立进行讨论。临结束，王崇典与张振球要去看看高语罕老师。江侠生说：“高老师这学期一直没有正常上课，他参与的社会活动太多，前不久去的北京，最近到上海去了。”

张振球问：“是不是去宣传社会主义思想？”

江侠生说：“有这种可能。他是在做大事，具体做的什么不清楚。”

5月到了，连续的晴天，瓦蓝瓦蓝的天空中飘着白棉花一般的云朵，草地上的野花在开放，空气中充满着清甜与芬芳。就在这美好的5月，芜湖几所中学的学生自治会先后成立，王崇典在芜关中学被推选为学生自治会会长，张振球与高三年级的冯从化被推选为副会长。在会长就职大会上王崇典做了即兴演讲，他对大家说：

“站在这里我有些激动。我没有想到我在我们的芜关中学能得到这么多同学的信任，最终成为得票最多的人。衷心地感谢大家！感谢大家对我的信任！我在这里向大家鞠躬！”一个躬深深地鞠了下去。停了停，王崇典抬起头，目光炯炯地望着大家，声音洪亮地接着说：

“在此，我谨向我们芜关中学自治会的全体成员作如下表态。首先，在今后的日子里，但凡自治会的工作，无论事情大小，我王崇典一定勇挑重担，任劳任怨，努力把每项工作做好，做扎实。

“其次，身为自治会会长，我要做好领头羊，充分发挥会长的作用，顾大局，谋大事，重决策，与兄弟学校联手做好学运工作，带领大家一起往光明的路上走。

“再则，我要在我们自治会里大力倡导‘自治’精神。何为‘自治’精神？具体三条。一是学习上‘自治’，要让自己的学习成绩不断往优秀等级上迈进，使自己成为学业精进的优秀学子；二是纪律上‘自治’，凡自治会的成员，每个人都要像训练有素的军人，成为严守纪律的人，行为有方的人，富有力量的人；三是品质上‘自治’，做人要正直，善良，爱故乡，爱祖国，爱中华民族，要身在校园，放眼世界，不做两耳不闻窗外事的书呆子，要把社会责任放在肩上，做新时期的新青年。

“最后一条，我要负责协调好自治会与学校的关系，使校领导理解我们，支持我们，对我们放心，而不是处处监督我们，束缚我们的手脚，阻碍我们的工作开展。

“上述四方面，是我今后努力的方向，不到之处敬请大家批评指正!

“最后再次感谢大家！ 谢谢！”

到了6月，天气转热起来。 一天下午，王崇典与张振球正在操场上打球，五中的江侠生突然找来，把他们俩引到一片树荫处。 张振球见到江侠生有些诧异：“你不是在忙毕业考吗，怎么有空过来的?”

江侠生说：“是挺忙的，因为事情紧急，就赶过来了。 是这样，有两位省城的学运领袖上午过来找我。 我跟他们以前就认识，是我的朋友。 他们专程过来，是因为他们在安庆中学界成立了中学生联合会，考虑到我们芜湖是安徽的一座重要城市，在全省具有特殊地位，希望我们芜湖方面也迅速成立中学生联合会，以便与他们汇聚成一股洪流，开展全省的学生运动。 本来我想让你们与他们见个面的，但他们时间紧，还要赶往别的城市，就作罢了。”

张振球不解地问：“自治会与学生联合会有什么区别?”

江侠生说：“自治会仅仅立足于各个学校，联合会立足于全市，包括各个学校，范围广，阵势大，更有影响力。”

王崇典说：“北京上海这些大城市，好像早就成立了。”

江侠生望住王崇典道：“对，人家早就成立了，我们这边落后了。”

张振球说：“那就赶紧成立。”

王崇典说：“我们有各校学生自治会的基础，学生联合会的成立将是顺理成章的事。”

江侠生说：“芜湖市除了我们五中，你们芜关，还有二中、三中、华文三所中学，我们要把这一精神传达给他们，让大家统一行动起来。”

王崇典对江侠生说：“你这些天在忙毕业考，时间特别紧，二中、三中、华文那边，就由我跟张振球去谈吧。”

江侠生撸撸头发说：“是忙得四脚朝天的，那就拜托你们二位，我就不去了。”

一周后，芜湖中学生联合会成立，江侠生被推选为会长，五中的李宗邺，芜关中学的王崇典、张振球、冯从化，二中的朱大猷、王持华，华文中学的翟宗文被推选为副会长。①

临时黄包车夫

学联成立后不久，一日，二中的朱大猷与王持华来到芜关中学找王崇典、张振球和冯从化，说街上出事了，拉黄包车的跟车行老板发生争执，车行老板吆喝一帮人把黄包车夫打得躺下了，一条街被拉黄包车的围得水泄不通，问王崇典这事要不要过问。王崇典毫不犹豫地说：“当然要过问。我们先搞一搞清楚，拉黄包车的与车行老板之间到底发生了什么矛盾？车行老板凭什么光天化日之下吆喝一帮人把人家打得躺下？走，我们去看看到底怎么回事。”

大家立刻行动，朱大猷、王持华在前面带路，几个人很快赶到了那条街。只见街上乱糟糟地拥满了人，问了半天才搞清，这些人都是拉黄包车的。可他们的车哪？没有人回答。王崇典想，他们一定觉得我们是一帮学生娃，跟我们说了不顶用，就认真地对他们说：“我们不是来消遣的，不是来玩的，我们听说你们的人被打了，专门赶过来的。我们想了解事情的经过，看看到底谁是谁非，如果是你们受了委屈，我们会想办法帮你们。因为你们这一大帮人中，有的就是我们同学的亲人，我们不能不闻不问。不错，我们是学生，我们确实有些人微言轻，管不了事情，但我们有芜湖中学生联合会，这是一个庞大的

① 参见王持华的《芜湖学生运动史略》一文，《安徽文史资料》第二辑。

组织，它可以对社会的不公发出谴责，进行呼吁，而我们几个人，就是学联的负责人。”

黄包车夫们见王崇典高高的个子，一身正气，说话有板有眼，很有分寸，立刻对他刮目相看，与他交流起来。

王崇典问：“你们是车夫，黄包车呢？”

一个精瘦的车夫答：“给老板收去了，他不租给我们了。”

“为什么不租？”

一个皮肤黝黑的车夫愤怒地说：“他狗日的嫌我们缴的租金低！”

另一位年长的车夫怕他们乱发脾气说不清事情，就开了口，把事情的经过原原本本说了一遍。

原来，乘坐黄包车是芜湖最常见的一种出行方式。黄包车有的是车夫自己的，有的是向车行老板租用的。租用车行老板的黄包车须按时缴纳租金。可是近日芜湖警察厅对芜湖市的黄包车增加了照捐①，致使车行将车辆租价从原来每天的二十四块铜板激增到三十八块铜板，黄包车夫无法接受，于是与车行老板发生了冲突。

一车夫说：“我们城东奔到城西，汗珠子掉下来摔八瓣，辛辛苦苦一天才挣几文钱，他车行老板大腿跷二腿坐在家里抽烟喝茶享清福，却一下收我们这么多，这分明是用小绳子勒我们，不让我们活了！”

王崇典问：“车行老板怎么把你们的人打伤了？”

黝黑皮肤的车夫差一点跳起来，眼瞪成铜铃：“何止是打伤，他狗日的还扬言，要抓我们的人坐班房，你说说，这穷人的命就捏在他手心里不成？”

张振球问：“你们与车行老板怎么交涉的？”

年长的车夫说：“他是一人理，你跟他说什么都没用，半个铜子不肯减。车子是人家的，有什么办法呢？”

王崇典说：“我们要分析一下车行老板涨租金的根源，这根源应该

---

① 为了便于管理和收税，对市内运营的每辆黄包车发放牌照，并按照收税，此税为“照捐”。

是警察厅提高了照捐对吧?”

“对的,是这样,用车行老板的话说,这叫水涨船高。”

王崇典说:“车行老板比以前多缴了照捐,你要他不涨车子的租金,他肯定不答应。所以,事情的根源是警察厅。”

年长的车夫赞许地对王崇典点点头:“你说到根子上去了,祸根子是警察厅。”

朱大猷对车夫说:“既然根源找到了,那你们就不能光是跟车行老板谈判,要到源头上去,拖着车行老板一起找警察厅说话。”

说到警察厅,车夫们的脸上立刻显出畏惧之色,一个说:“那里哪是我们说话的地方,不找你麻烦就算是好事了。”又一个说:“我们跟车行租车,我们只能找车行老板说话。”

情况整个搞清楚了,几个同学立刻商量。芜湖的黄包车夫是属于最基层的劳动者,靠出卖苦力挣一口饭吃,车行老板擅自激增租金,而黄包车夫又不能对乘客提高车费,这生计立刻面临着艰难。鉴于这种情况,学联要不要提供帮助?怎么提供帮助?经反复商量,第二天又与黄包车夫沟通,最后芜湖中学生联合会经研究决定:第一,分区分段发动和组织黄包车夫罢工;第二,向在校师生募捐,解决黄包车夫特别困难家庭的燃眉之急;第三,组织人员向芜湖警察厅请愿,降低黄包车牌照税。

黄包车夫们被同学们的热情关心深深感动。这事本来跟这帮学生娃没有一点儿关系,但他们却做出这么多的安排,一个个还把自己口袋里的零花钱掏出来给特别困难的家庭买米买煤,他们真是一批好学生、好青年呀。

罢工开始,芜湖市的黄包车夫全部停止了客运,市内交通立刻受到巨大影响。与此同时,学联大张旗鼓地倡导募捐,捐钱的不光是学生,还有很多老师,捐得的钱汇总后分别送到那些老人卧病或穷得揭不开锅的车夫家庭。钱数虽有限,但黄包车夫们接到手里,许多人感动得流出热泪。

请愿工作由江侠生与王崇典负责。他们与黄包车夫及学校的一批热心支持此事的老师们反复商量，最终组织了一支请愿队伍。队伍由三部分人构成：黄包车夫、各校学联成员、教师代表，人数总计一百多。这天上午，请愿队伍来到市警察厅。警察厅先是拒绝听取请愿要求，后来见围堵过来的人不断增加，至中午仍不散去，提出派代表进去对话，要求是，代表只能是黄包车夫，不能是教师与学生。事情毕竟有了进展，但如此苛刻的条件显然是将学联成员与教师代表拒之门外。谈判者不仅要通晓事态，预知形势，而且要能言善辩，临阵不乱，全部由黄包车夫去谈，妥吗？最后经研究决定，让选出的学生与老师换上黄包车夫的衣服混进警察厅。最终的谈判小组共十人，黄包车夫五人，学联代表二人，老师三人。江侠生与王崇典被大家推举为学联代表。

张振球望望换了一身黄包车夫衣服的王崇典，摇摇头说："你这样子，不像不像。"

王崇典把头发撸撸乱，衣襟敞开，问张振球："怎么样？"

张振球望着他笑，还是摇头。

江侠生说："没事的，问到你就说，家里穷得上不成学了，才出来拉黄包车两天。"

王崇典灵机一动，抬手在土墙上擦擦，转而在脸上抹了几下，对江侠生说："这下改进不小吧？"

江侠生笑道："可以，是个临时黄包车夫了。"

大家都望着他笑了。

请愿的目的有两条：第一，降低黄包车牌照税；第二，勒令车行恢复原来的车租。可是警察厅糊弄大家，接待他们的是两个不顶用的人。第一轮谈判失败。隔了一天，芜湖市全体黄包车工人继续罢工，芜湖市中学生联合会全力予以配合，在警察厅前示威游行，高呼口号。游行队伍采用混合编队，一队工人，一队学生，以学生为主，人数多达数千。当天下午学联还在露天歌舞广场召开大会，发出减税呼吁。芜湖警察厅迫于强大的舆论压力，尤其担心事情闹下去万一失控将无法收拾，因此第二天接受了与黄包车工人再谈判的要求。在谈判过程中，王崇典与大家一同，向警察厅反复申述、争辩，陈述一条条取消增税的理由，据理力争，言辞激烈，毫不退让，最终迫使对方答应了他们的要求。①

斗争的胜利使黄包车夫与各校的师生看到了学联的作用和团结起来的力量，大家无不欢欣鼓舞。

在芜湖黄包车夫事件中，王崇典充分展示了他的雄辩天赋与斗争才能，其后不久，被学联推选为负责人，从此以后，他带领大家多次参加了省学联组织的赴京沪反帝救国运动。

父与子

梅子熟了，杏子黄了，转眼到了1924年夏。

夏天是个毕业季，在这骄阳如火的6月，王崇典顺利完成了高中阶段最后一学期的学习任务，毕业离开了芜关中学。

高中毕业了，下一步往哪里走？从内心讲，王崇典希望的是考入北京、上海、南京这类城市的一流大学，继续学习深造，畅游在知识的海洋中。可是王崇典的理想成了空中楼阁。家里长期的生活开销全靠父亲在警察局的那份薪金，这几年供王崇典与王崇礼兄弟俩读书学习已不轻松，再加上继母有了自己的孩子之后，考虑更多的是自己的利益，对王崇典进高校读书不可能予以支持。

王崇典高中毕业后的某一天，父亲与他进行了一次特别谈话。很显然，对这次谈话父亲是有所准备的，谈话地点不是外面吃饭的客堂，而是王崇典与弟弟的卧室。弟弟在师范读书住校，这一刻还没有放假。卧室很小，有些压抑，但相对封闭，说话谈事可免干扰。父亲选择这里跟他谈话，显然是觉得在这里可以敞开来说，而敞开来说的

① 参见《芜湖市党史资料》，1985年第5期。

有些话他是不想让别人听到的。别人是谁？很显然，继母。父子之间很少这么面对面地坐下来，王崇典觉得有些别扭。父亲问他毕业后有什么打算，王崇典直接把自己想继续读书的想法说了。

父亲面露难色，点起一支烟吸着，咂着牙花说："我知道你是块读书的好料，你爷爷在世时就跟我说过，叮嘱我要想办法供你把书读下去。其实内心里我也希望你下一步能进入大学，可是不行呀，家里的经济状况你也看到，实在不宽呀。要是供你到大城市读书，家里的日子真的过不下去了，真的会揭不开锅了。所以，这个想法你还真的不得不打消。为父的能力有限，为父的对不起你，不过这是没有办法的事，真的没有办法。"父亲吸着烟，牙痛似的咂着牙花说："你就委屈一下，放弃这个想法吧，等将来条件好些了，再读大学好吗？"

王崇典心里很难受，对着空中摇摇头，从坐着的床边上站起，在屋里转。屋里地方小，转不开，他又在床边坐下。

王崇典说："我可以勤工俭学，不要家里负担。"

父亲一张脸皱缩起来："不要家里负担？上大学怎么可能不要家里负担？再勤工俭学，也不可能不要家里花一些钱呀。"

王崇典眼盯着窗，窗外阳光灿烂，天上没有一丝云。

父亲把一根烟吸完，对王崇典说："书真的不能再读下去了，这是实在没有办法的事。为父的能力有限，就算是求你帮我一下吧。你也是知道的，你爷爷在世时为你选好了媳妇，葛家的二姑娘。你今年二十岁了，正是成家的年龄。葛家的姑娘只比你小两岁，你在芜湖上学，人家一直在等你。如今你高中毕业了，该把大事办了，往后踏踏实实过日子。"

王崇典眼睛一下瞪大，脸上随即红涨起来："结婚？怎么这么早就赶着结婚？我做梦都没想到这码事！"

父亲早有思想准备，等他平静下来说："你没有想到，是因为你一直在读书，你是一个学生的身份，如今你毕业了，不再是学生了，就应该想到了。你说这一会结婚早，早什么？在这个年纪成家是挺正常的，爸结婚时比你还小一岁呢。可以了，该结就结了，葛家那边也是这个意思，前两天他们托人过来跟我谈过这事。”

王崇典再次从床边站起，对父亲说：“对不起，我不能接受。我实在坐不下去了，我要出去走走。”他身子带着一股风，大步从卧室里走了出去。

父亲很无奈很愧疚地望着儿子离去的背影，很多掏心窝子的话还没有来得及说，只落得一声叹息。

做父亲的万没想到，事隔两天，王崇典主动找他表态：第一，他不再考虑上大学的事了；第二，他完全接受父亲大人的安排，与葛家二姑娘成婚。父亲起初不相信自己的耳朵，怔怔地望着他，待他确定这真真切切是儿子所说的话时，眼眶湿润了。原来那天与父亲交谈后，王崇典对父亲的话进行了一次深入思考，最终得出的结论是，不能怪怨父亲，父亲也是迫于无奈，继母毕竟是继母，她不可能完全站在你的角度为你考虑未来，父亲夹在当中肯定两难。奶奶在世时说过的话在王崇典耳畔响起：“大人有大人的难处，不要怪他，他也是没有办法。”王崇典觉得与其寄生在父亲与继母的屋檐下，倒不如早早结婚，去开辟自己的一片天地。但王崇典对父亲提出一个要求，他要离开芜湖，他要回到涡阳老家去，他要在老家的四合院里结婚成家。

父亲大出意外，久久地望着王崇典。儿子这是长大了，懂事了，体贴为父的难处了。父亲声音沙哑道：“我不光完全答应你，而且爸不怕你不高兴，这正是我的想法，只是还没来得及对你说。一者，这里地方不够宽敞，结婚成家不适合；二者，你在芜湖一直让我不安。我跟你说过多次，少参加那些游行演说，不可以闹事，你总不听。你做的那些事我都知道，学校找过我，你在警察局里都是挂了号的。他们不动你手，是看在我的面上。我担心你在芜湖待下去，早晚会出事。你又不听我的话，想怎么就怎么，实在让我心里不安。你回涡阳老家，倒让我踏实下来。再则，”父亲一声叹息，点起一支烟，怆然感叹道，“怪我命不好呀，没有保护好你妈，让她早走了。这继母毕竟是继母，隔着一层肚皮呢。你是一个极自尊的人，在这里心情不可能舒畅。你不舒畅还是小事，你媳妇将来在这里要是也不舒畅了，闹出些矛盾来，那事情就大了。因此，与其到那一天后悔，到不如今天早早离开。唉，这是没有办法的事呀，爸爸能力有限，对不起你，不过事到如今，也只能这样了。”

王崇典说：“你不必说那么多了，我丝毫没有怪你的意思，况且我已经成人，书既然不再读了，那就独当一面地过日子，这都是顺理成章的事。”

父亲说：“这些年我一直在外面，心里其实经常惦着涡阳的老家。老家的那片四合院挺不错的，青砖小瓦，有模有样，是我们王家的祖产，要是能捧到芜湖来就好了，只可惜不能。老屋要人住，不住长年关着，梁柱会朽。涡阳乡下还有祖上留下的几亩地，这几年一直请族里亲戚代种着，你回去后动些脑筋，看看如何经营。另外你将来干什么，靠什么维持生计，我也替你做了些考虑。葛家，也就是你未来的丈人家，他们是做药材生意的，经济条件挺好，我想你可以借他们一把力，当然我也会支持你一下，在涡阳城开一爿药店，学习做点药材生意，日子过得不会差到哪去。”

王崇典说：“我不想做生意，我对开店做生意没有一点兴趣。”

父亲觉得自己为他做的安排是最可靠最可行的，听他说不感兴趣，立刻有些着急：“生意不想做，你想干什么？”

王崇典说：“我想做老师。我到涡阳小学去应聘。”

父亲瞪大双眼：“做老师？崇礼学的师范，你又没有学师范，怎么做老师？”

王崇典说：“没学师范做老师的人很多。”

“要是不成呢？”

“再走别的路。反正我不愿意做生意。”

父亲直摇头，直咂嘴，一点办法没有。

崇礼放假回来了，兄弟相聚，开心异常。天气炎热，小房间里只有一扇窗，热似蒸笼，弟弟打着赤膊帮哥哥收拾回涡阳的行李。他在书架上翻到张裕钊的书法作品集《宝剑赞》，递给哥哥道：“这个肯定要带回去吧？”

崇典接过一看，乐道：“当然，你也不是不知道，它是我的宝贝！”打开翻阅，亲切异常，立刻不忍释手，他心想，前段日子参加学联各类活动，接下来又是毕业考，太忙乱，都把它丢生了，对不起宝贝哟，立刻把它与准备带回去的一大摞新书刊合在一起。他把书刊翻了翻，从中选出一本《新青年》，一本《星期评论》，一本高语罕的《白话书信》，递给弟弟说：“这几本留给你，假期里好好读读，当中有好些新思想新思维，很能开拓心胸眼界。建议你在学校也要多参加一些社会活动，不能只是一味地死读书。”

崇礼望着哥哥点点头。每次放假回来，崇礼都会在哥哥身上发现一些变化，这一次尤其突出。

离开芜湖前，王崇典由张振球陪同去向高语罕老师辞行。高老师宿舍门上铁将军把门，一位与高老师同在一个年级组的邻居老师告诉他们，高老师自从 6 月份去广州参加一个什么会后，就再没回来。最近可能在省城安庆另有高就了。

王崇典很遗憾。想到高老师曾经借新书新刊给他们读，为他们开必读书目，特别是在思想上对他们的各种指点教育，王崇典内心充满感激。

张振球家在芜湖城里，高老师如果回来，他还有见到他的可能，因此王崇典叮嘱他：“日后要是见到高老师，你代我向他问个好，并把他的通讯地址告诉我，我很想与他保持联系。”

与张振球分手后，当晚他给在北京大学读书的江侠生写了一封信，倾诉了不能继续读书，不得不向现实生活低头的苦闷，告诉他，明天他就离开芜湖回涡阳老家了，不久还将与一个素不相识的女孩结婚。信中特别说到，“涡阳毕竟小城，思想保守，生活沉闷，你在北京处于思想文化的高地，令我欣羡。新书新刊读后望惠寄一些给我，以便我学习提高，不被时代抛弃。”结尾特别写上涡阳老家的地址，强调回信时以此为准，切切不要再寄到芜湖。

7 月底的一天，父亲在警察局找了一辆公车，弟弟王崇礼一路帮着提拿行李，王崇典被送到车站。父子兄弟话别，王崇典踏上了回乡的路。

第三章 早春的大地

执子之手

1924年8月，王崇典回到了故乡涡阳。

航船在涡阳码头上停下，王崇典低头躬身走出船舱，从生满青苔的石码头上岸，一路观望着走上华祖庙街。还是那城楼，还是那石板街，还是那些店铺，几年过去了，仍然是原来的老样子。王崇典手提肩扛着行李往前走，街两边店铺里不时有人伸出头来盯住他看，觉得有些面熟，像王家的大公子，又不敢认。怎么长这么高啦？皮肤咋这么白呀？那一身蓝色卡其布的五四青年装，穿得多精神，多有模有样呀！ 大家指指戳戳，叽喳议论。王崇典知道他们都是一条街上住的街坊邻居，当年爷爷带着他出来玩，他们曾经逗过他，还买过一些小零嘴给他吃。 所谓家乡父老，就是他们呀。 王崇典觉得应该向他们打招呼，但又不知道怎么称呼，只是脸上浮着笑意，一路不住地向他们点头。

走到华祖庙了，往前不几步到了自家青砖小瓦的四合院。 门锁着，开门进去，只见天井砖缝里长满一蓬蓬草，高而茂盛，有些怪异，墙角堆积着厚厚的黄的黑的树叶，有的已经腐烂，被雨水冲向四角的阴沟洞，洞口几乎被堵塞。 厢房客厅与卧室的门都关着，“吱呀”一声推开，声音像划在心口上。 天窗上的光白白地泻入成一根玉柱，屋里的四角仍显得晦暗。 箱笼柜子案台上积满了灰，厚似铜钱，人走过，被带动的灰尘飞漾而起，飞入玉柱，亮亮的，如夏日的萤火虫。

揩抹洗刷忙碌了一天，老宅又露出了原来的颜色。 很累了，王崇典在当年自己睡过的木床上躺下，一躺下就睡着了，迷迷糊糊进入梦乡。 梦中，爷爷奶奶向他走来，远远的还有一个女人模糊的身影，不要说，那应该是母亲。 王崇典一惊，醒了，背上汗出。 次日，他在街上买了几刀黄纸，赶到城外西郊的王氏祖茔地，给爷爷奶奶和母亲上坟，化纸。 上坟结束，王崇典在草地上坐了半天，思前想后，脑子里翻腾了半天。

家里一切收拾就绪后，王崇典去了学校。

这是县立第一高等小学，即王崇典当年读书的地方。 学校即将开学，校长已过来上班。 王崇典向校长陈述了自己的想法，校长看了他的毕业证书、各科成绩单，及在校期间获得的一大堆作文、演讲、英文、书法等比赛的获奖证书，很高兴地对他说：“欢迎欢迎，十分欢迎！ 你虽非师范毕业，但品学兼优，又有当老师的愿望，相信能够把学生教好！”

1924 年 9 月，王崇典很顺利地受聘于涡阳县立第一高等小学，成了该校的一名国文老师。

转眼到了年底，王崇典按照父亲的安排，与爷爷当年为他选定的葛家二姑娘举行了婚礼。

葛家二姑娘姓葛，名淑贞，比王崇典小两岁，家在葛家山下一座小镇。家里从她爷爷起做药材生意，到他父亲时生意做大了，隔三岔五用船装着从山里收购而来的各种药材往涡阳城里的药店销售。王崇典的爷爷王协邦跟葛淑贞的爷爷是老朋友，王协邦每次下乡都要绕道葛家山到葛淑贞的爷爷那里坐坐。葛老爷子见他来，欢喜异常，总是沏一壶茶，烫两盅酒，相对坐下，说上半天话，田里的旱涝呀，庄稼的收成呀，药材的价格呀。王协邦是过足了“开轩面场圃，把酒话桑麻”的瘾，葛老爷子则向老伙计王协邦问些战争的事，一番唏嘘，一番感叹。一次，王协邦看到葛老爷子的小孙女在旁边玩，样子娇憨可爱，就逗她。葛老爷子看出老伙计喜欢，就笑哈哈地把小孙女叫到跟前，要她给城里的王爷爷斟茶。小孙女认生，但很乖巧很听话，小脸红红的，抬着小胳膊，把茶几上的茶壶慢慢拎起，怯怯地望着城里爷爷的脸，把壶嘴对着喝得快要见底的杯子，一点一点往里斟，直至斟满。王协邦一脸慈祥地望住她，笑着问：“叫什么名字?”答：“葛淑贞。”声音纯真，充满稚气。王协邦欢喜异常，乐哈哈地对葛老爷子说：“可爱得很，可爱得很，给我带回家做孙媳妇吧!”葛老爷子爽然而笑：“山野小女，只怕高攀不上呀。”本是玩笑，但到后来两个老伙计竟认真了，加之葛家药材生意越做越好，还到涡阳城开了店，于是便为两个孩子下了定①，把这事做成了。

婚礼是在老家办的，父亲利用年假回到老家为儿子的婚事着实忙碌了一阵。天井里大红大绿，挂满了喜幛。请来的乐器班子吹吹打打，热闹异常。族里来了很多亲戚，很多人王崇典都不知道怎么称呼，一一问父亲。继母是跟着父亲一起来的，虽第一次来到涡阳城，

① 也叫“下聘”，即旧时定婚时男方给女方的聘礼，这里是指定“娃娃亲”时送给女方的一笔聘礼。

但一点不认生，对婚俗上的规矩似乎十分在行，掀着一双大脚片子跑东跑西，做各种安排，老远就能听到她脆脆的声音。王崇典对旧式婚俗全不知晓，纯粹一个木偶，一切听人指挥。夫妻对拜后，司仪提醒他去牵新人手，揭红盖头，王崇典立刻想到了诗经里“执子之手，与子偕老”这两句诗，心里暗忖，“与子偕老”，这就是说，以后要跟这个女孩过日子，而且要过一辈子了，这是两千多年前的老祖宗定下的规矩呀。

哥哥结婚，弟弟特别备了一份礼。崇礼一个穷学生，正读师范的最后的一年，哪里有钱，就用日常苦省下来的一点零钱买了一方砚台，一支长锋羊毫湖笔，一只笔洗，一方章料。四样东西盛入礼盒，系以彩带，像模像样。哥哥是个热爱书法的人，闲时喜欢临帖写字，对弟弟备的这份小礼，非常喜欢。

欢娱嫌夜短，婚后很快就是大年。大年的脚像抹了油，滑了一下就到了元宵。元宵再一过，学校开学，王崇典就到县立高等小学上班了。

第一次走上讲台，王崇典很惊讶地发现，自己不仅不紧张，相反课还讲得得心应手，水到渠成。过后细想想，也不奇怪，在芜关中学面对几百名学生做过那么多次演讲，组织学联后，又经常上街宣传演说，演独幕剧，基本功扎实了。

王崇典上国文课从不板着面孔，授课内容丰富，生动活泼，很受学生欢迎，半学期下来，年级统一考试，他班上学生的学习成绩排名很靠前。尤其作文课，经他指导的学生写作能力大大提高，年级作文比赛中，他班上获奖人数最多。

王崇典每天从学校回家，妻子葛淑贞早已将饭做好在等他了。他人一进门，供他洗手的水就用铜盆端了过来。手洗过，毛巾递到手上。他才在桌边坐下，饭已盛好，筷子直接搁在碗头上。王崇典是个穷学生出身，长期以来干什么都是自己动手，从来没有这样的待遇，实在有些不习惯，就对妻子说：“你不必这么服侍我，有时间，你读读报，看看书。”

妻子脸红了，低下头，原来她不识字。

王崇典知道后说：“不识字不要紧，可以学呀。”

葛淑贞女红[①]极好，闲时不是描花绣朵，就是缝衣服，纳鞋底，织线袜。她缝的衣服，针脚平整，又匀又密。帐沿上绣的喜鹊登枝，枕套上绣的鸳鸯戏水，小脚鞋上绣的牡丹月季，都跟活的一样。王崇典每次从学校回来，看到妻子安安静静坐在窗下做针线，总走过去拿起来看，连连夸好，夸过了，说：“我教你认几个字吧。”

葛淑贞望望丈夫，点点头，样子有些害羞。

王崇典要妻子放下手里活跟他进书房。他用弟弟送给他的长锋羊毫，在宣纸上写了三个字：“葛”“淑”“贞”，对妻子微笑道：“这三个字认识吗？它们是你的名字。你先把它们认识，并且会写，之后我再教你别的。”

从这一天起，王崇典开始做起了妻子的国文老师。王崇典指着宣纸上的字说：“这是你的姓，读葛。”

妻子跟着读：“葛。”

王崇典指着下一个说：“淑。”

妻子跟着读：“淑。”

“贞。”

“贞。”

4 月的一个星期天，王崇典正在家里静静地阅读江侠生从北京寄来的一批新书，一阵吵嚷声从窗外传来，声音很大很激烈，像夏日的雷霆，显然是吵架。王崇典在家看书写字时，葛淑贞做事都是轻手轻脚，生怕影响丈夫，此刻见如此大的声音传来，连忙去把书房的窗户关死，门合上，轻轻给他茶杯里续上水，结束了这一切，这才提着篮子上街买菜。

---

① 旧时指女子所做的纺织、缝纫、刺绣等工作和这些工作的成品。

中午，王崇典跟妻子正在吃饭，那夏日的小惊雷再次从外面传来。王崇典停筷蹙眉道：“这是哪家，怎么总是吵不完？”

葛淑贞说：“是东街的一户人家跟王老板家吵。”

王老板应该是王瑞堂，做皮货生意的，涡阳城“八大金刚”中的一个，高宅大院，财大气粗，王崇典从前在家读书时，常看到王府的高门楼前停着两三辆黄包车，府里人出门都是车来车去。

王崇典不解地问：“他跟人家吵什么？”

葛淑贞说：“好像是为砌房子的事，邻居家新墙砌起来半人高了，王老板不许砌，派人把它推倒。连续推倒两次了，先是吵，后来就动起了手。”

王崇典停下筷子问：“是他家东边还是西边的邻居？”

“西边的，这家是不是姓李呀？”

“不错，姓李。他家砌房是不是侵占了王家地盘？”

“没有，是砌在自家院里。”

王崇典大惑不解：“在自家院里砌房，他王老板凭什么把人家砌好的墙推倒？”

葛淑贞说：“王老板说，李家新砌的房子挡住了他家风水。”

王崇典手中饭碗往桌上一顿：“岂有此理，李家在自己的院里砌房造屋，怎么就挡了你王家风水了？居然还推倒人家砌好的墙，还动手打人，简直是太霸道，太一手遮天了！”

说着起身就要出门，葛淑贞不知道他想干什么，脸吓白了，一把拽住他衣袖，死活不放手，苦着脸道：“求求你，别去惹事，人家财大气粗，官府里有人，说不赢人家。”

“有钱就怎么啦？有钱就可以无法无天，欺压百姓？这世界也太没有王法啦！”

第二天，王崇典在学校把这事说给同事听，大家都为李家抱不平。王崇典说：“窥斑见豹，涡阳的王财主敢这样，别的地方的张财主、李财主、赵财主同样敢这样无法无天，天下乌鸦一般黑。说到底，这世道是烂透底儿了，没指望了。怎么办？要改变它。我们都睁大眼看着，革命是早晚之间的事，这帮骑在百姓头上作威作福的人，早晚有一天要打倒！”

学校同事们一直觉得这位从芜湖回来受聘到学校任教的青年身上有一股朝气，言谈处事不同凡响，此刻见他慷慨激昂地说出这番话，都不同程度地受到震动，望着他那燃烧的大眼，禁不住默默点头，陷入深思。

王崇典觉得仅仅作舆论上的谴责无济于事，关键是要解决问题，于是当天走访了正陷入砌房纠纷的老李家，向主人指出，在自家院里砌房造屋是天经地义的事，王家无权阻止，他推墙、打人，这是犯法之举，应到地方法院告他，捍卫自身的权益。李家挨了王老板家打满怀的屈辱，但因势单力薄，不敢去找王老板家说理，一家子正陷入焦虑之中，此刻听王崇典如此一说，立刻有了信心。只是到法院上告是要写状子的，他们不会写。王崇典说：“不会写可以找人写，人找不到，我可以替你们写。”

老李感激万分：“那太好了，这可是麻烦你了！”

王崇典从未写过状子，但他想，这无非是摆事实、讲道理，就把李家合理正当地砌屋，邻居王老板以莫须有的借口阻止李家砌屋，不仅推倒墙壁，还把人打伤这种种霸道恶行条分缕析地列举出来，敦请法院本着关爱民生、公平正义、惩恶扬善的执法理念，予以审理。

李家平头百姓，没经过什么事，对官府有些怯意，不知道状子怎么递，王崇典就到学校说了此情，组织了几名富有正义感的青年教师，联合将状子呈到了县法院。法院没见过这等阵势，不得不接了状子，迫于学校这帮青年老师一次次过来催促办理的压力，虽一拖再拖，也不得不对事件进行调查，做民事调停，最终责成王老板向隔壁李家赔礼道歉，并适当地进行经济赔偿。李家万万没想到事情会有这么好的结果，最终顺利地把房子砌了起来。上梁之日，特地把王崇典和学校的几位青年老师请过来喝酒，感激万分。

事后，王崇典在家不止一次对妻子感慨：“涡阳太闭塞，太落后了，这里的人太无法无天了，我不能长期窝在这里，在这里窝长了，我会退化的，我会憋死的。我一定要离开这里。我要出去读书，我要到大城市去！”

王崇典说这番话时双目炯炯，白皙英俊的脸上闪着光，使得葛淑贞怔怔地望着他。葛淑贞虽对他的内心无法理解，但有一点是肯定的，他是自己的丈夫，他的想法一定要给予支持。

真理的光亮

1月底，学校放寒假了。

雪后初晴的一天，王崇典正在生着火炉的书房里临《石门颂》①，在怀远读书的侄子王伯衡放寒假回来，带着他的一个同学来看王崇典。王伯衡虽是侄子辈，但比王崇典仅小五岁，当年王崇典的爷爷在世时，带着王崇典串门，两人常在一起玩。王伯衡的同学叫魏季高，是涡阳县城人。② 王伯衡告诉王崇典，他之所以带魏季高来，是因为看到王崇典发表在安庆刊物上的话剧《李家庄》和《烈焰》，十分钦佩，很想上门一见，听听叔叔的教导。

王崇典笑道：“我们都是同年人，相差不了几岁，以后不按辈分叫，就直呼其名吧。”

交谈中得知，魏季高与王伯衡一样，也是积极上进的青年，除了在校读书，还参加一些社会活动，平时收集阅读一些传播新思想新文化的进步书刊，对社会形势与国情民生很关心。王崇典问他们都有哪些书刊？王伯衡说：“多了，有《新青年》《星期评论》《东方杂志》《向导》《共产主义 ABC》。”

---

① 《石门颂》内容为汉中太守王升表扬杨孟文等开凿石门通道的功绩，是东汉隶书的极品，摩崖石刻的代表作，它对中华书法艺术的发展具有巨大影响，是国之瑰宝。

② 王伯衡，1908 年生，曾用名王均，后更名王立仁，与王崇典叔侄关系。魏季高，曾用名魏达尚，后改名魏一博，涡阳县城关人，小王崇典六岁。

王崇典极感兴趣："《共产主义 ABC》？ 没看过。"

王伯衡说："刚出来的，我们从书店买的。 还有《唯物史观》。只可惜，不大看得懂。"

王崇典说："这都是好书呀。 涡阳闭塞得很，书店里看不到这些书。 什么时候借给我看看？"

魏季高说："我还买了一本《共产主义与中国共产党》，好像跟它们都是一个系列的，都是理论性很强的书。"

王崇典兴奋道："好得很，我这里也有一些从芜湖带回来的书刊，寒假里我们可以组成一个读书班，把这些书汇聚在一起，一同学习讨论，以便多吸收一些新知。"

王伯衡与魏季高听王崇典这么一说，眼睛立刻亮了，连说好。

说干就干。 地点就放在王崇典家，每天下午半天。 书刊汇聚到一起，除了上面说到的那些，还有《共产党宣言》《形势与任务》《经验批判论》，最新出版的《新青年》《湘江评论》《觉悟》《广东中华新报》，林林总总几十本。 天很冷，虽有太阳，积雪一点不见融化，王伯衡与魏季高一路"咯吱咯吱"踏着雪过来，都冻得不住搓手哈气，眉毛发尖上一层霜。 王崇典在家总早早地将火盆里的火烧旺，使他们一进屋就感到暖和。 三人聚在一起，读书是一方面，更主要的是讨论，因为早上及晚上三人在家里都读了不少书，积聚了不少问题。 王崇典比他们年纪稍长些，见多识广些，眼界高一些，因此在一些问题的讨论中，王伯衡与魏季高更多地是在听取王崇典的讲解。

在师范读书的王崇礼，特地利用寒假时间从芜湖赶过来看望哥哥嫂嫂，见他们聚在一起热火朝天地讨论，很新奇。 王崇典见到弟弟很高兴，立刻叫他进屋坐，告诉他，他们在搞读书会，希望他也参加。王崇礼很听话地走进，在一张空椅里坐下，听他们说话，同时抓过桌上一本书翻阅。

葛淑贞虽不可能成为读书会的成员，但她一直在默默地支持着他们。 谁在路上鞋子走湿了，她从屋里找出一双干净的鞋让他换上，将湿鞋放到火炉旁炕；傍晚时分，在火炉里烤几段红薯给他们吃；读书结束，替他们把书刊杂志一本本收好，放回到架上……王伯衡、魏季高都与她相处熟了，一进门就亲热地喊她：“嫂嫂你好！”

寒假结束，王伯衡、魏季高向王崇典告别，想到在读书会得到的收获，对王崇典说出一大堆感谢话。王崇典笑道：“你们这么说是从你们的角度考虑，从我的角度出发，其实我更感谢你们呢。你们回乡后给我带回一大批新书，它们像一把金钥匙，开启了我思想上的锁，使我对世界有了新的认识，走上了新的高度。因此可以说，读书会是你们催生出来的，要说感谢，更应该感谢你们才对。”

寒假结束，读书会并没有结束，反而范围有所扩大，人数多达十余人，都是一些受到王崇典宣传鼓动，向往新思想新文化的年轻人。这其中有王崇典的小学同学，有王崇典如今的同事，有其他学校思想上要求进步的青年教师。平常大家都有工作有事情，读书会活动的时间放在星期日。人数多了，十几个人窝在家里不适合，地点转移到县中心小学。学校教室宽敞明亮，通风透气，人员来去也方便。人多了书刊不足，王崇典跟妻子要了一些钱（他每月薪水拿到后，悉数上缴，分文不留）汇给江侠生，要他从北京选购一些新书新刊寄给他。在书刊暂时不足的情况下，大家交换着看，有人借回去开夜车，一看看到下半夜，第二天赶到学校上班，两眼红红的。读书，开启了大家的智慧，读书，使大家提高了认识世界的能力，发现了真理。

一个星期天，王崇典参加完读书会回家，走到华祖庙街，看到一个山里农夫挑着两大筐新鲜的桃子在卖，想到妻子在家辛苦，每天不停地做针线活，准备一日三餐，很少有消停的时候，尤其最近怀孕了，需要营养，就走过去为妻子买桃。王崇典平常很少买东西，既不会讨价还价，也不会挑三拣四，不过桃子很好选，王崇典想，那红的大的一定好，就挑了几个。山民头上戴着破毡帽，肩头上搭着毛巾，见买桃子的年轻人皮肤白皙，端庄斯文，买桃子也不问一问价钱，估计是大城市回来的读书人，就给他称了，收钱时一分钱也没有给他涨价。山民见他两手空空，问他怎么拿，王崇典愣怔着，是呀，怎么拿呀？ 山民笑了，说，总不能让你用手捧着吧，就从筐里拿出一只旧的网兜递给他，说，送给你吧，用它盛。

王崇典拎着桃子回到家，葛淑贞正等他吃饭，见他手里拎着一网兜鲜桃，连忙上去接过，说："这桃子才上市，挺贵的。"

王崇典望着妻子微笑道："你怀上宝宝了，不是要吃点时新的东西吗？"

葛淑贞低下头，脸上浮现出甜美的笑。

每天晚饭后，王崇典都要坐在书房里看很长时间的书。 葛淑贞洗锅抹碗结束，拿着针线活进书房，不声不响坐在旁边就着灯光做针线。 葛淑贞见丈夫抬眼望她，问："我在这，是不是影响你？"

王崇典微笑着摇摇头。 妻子做的是小娃娃的衣衫。 10 月份要生养，这一刻她在提前做准备。 一盏灯，一个在看书，一个做针线，安详，静美。

王崇典读完一篇美文，深受触动，思绪翻飞，释卷而起在屋里走动，十分兴奋地对妻子说："这篇文章真是太深刻了，太富有哲理了，太让人长见识了！"

他走到妻子跟前停下，声音响亮地说："它给我们解剖当前的社会，预测未来发展的方向，告诉我们，这世道必须改变，肯定改变！财富不应该总是掌握在一小部分人手中，自由、公平与富足，是人类共同的向往，大同世界是社会发展的方向，当今世界上所有仗势欺人无法无天的剥削者，早晚有一天要被人民打倒！"

他停了停，脸对着虚空，激动地自说自话："什么是真理？ 这就是真理。 真理是一种光，一种极其珍贵的光，这光照亮了我们，照亮了世界！"

葛淑贞停住手里的针线望着丈夫，丈夫两眼辉亮，白皙的脸上洋溢出红光。 葛淑贞十分熟悉这种状态，在读书读到兴奋时，他总是这样，双目炯炯，生气勃勃，在书房里不住走动，有时甚至摩拳擦掌。

王崇典回到椅子里坐下，重新捧起书，但他没有立刻去读，而是望着妻子说：“我跟你说过，不能只是忙于家务，一定要抽空学习认字，你要是识字了，你就可以看书看报，就可以读通读懂这样的好文章。”

葛淑贞望着丈夫点点头。

月亮爬上屋脊，王崇典见妻子还坐在旁边做针线，要她去先睡。葛淑贞见丈夫书看得正来劲，半点没有睡的意思，只得收拾了一下站起身。临离书房，她给丈夫的茶杯里加了一下水，然后轻手轻脚地离去。

王崇典废寝忘食地阅读新书新刊，经常通宵达旦，不知东方之既白。

面对“五卅运动”

1925 年 5 月，震惊中外的“五卅运动”在上海爆发。

“五卅运动”的导火线是枪杀顾正红事件。帝国主义对中国的侵略以经济剥削为主，日本仅在上海一地就设有二十三座纱厂，占全上海纱厂的三分之二。日本资本家对待工人极其苛刻，工人每天工作十二小时以上，工资仅得一角五分，其中还要扣除百分之五留在厂里，工作满十年方始发放，半途辞工者即被罚没。“五卅运动”爆发的这一年 2 月，上海日商内外棉纱厂发现一名童工尸首，胸部受重伤十余处，明显是被日籍管理员用铁棒殴打致死。工人们目睹惨状，群情大愤，全体罢工。5 月，上海日商纱厂因男工屡屡与管理者斗争，竟将男工全部开除，引发了二十二家纱厂工人罢工。经上海相关团体调停，日方厂主答应不再打骂工人，工人恢复工作。不料内外棉纱厂第八厂以原纱不足、生产规模缩小为由，开除工人数十名，工人不服，推举顾正红等八人进入厂内与资本家交涉，交涉过程中发生争执，厂警开枪射杀顾正红，其余七人受伤。5 月 22 日，上海各团体开会追悼顾正红，各大学校学生均往参加，路经公共租界时，有四人被捕。这一系列事件的发生，引起中共高度重视，中共中央在对帝国主义的暴行进行强烈谴责与抗议的同时，领导上海工人举行罢工示威游行，并向全国发出紧急通告，要求各地党组织号召工会团结一致，援助上海工人的反帝爱国斗争。5月30日，上海学生联合会在租界内游行讲演。当天下午，一部分学生在南京路被捕，其余学生及群众千余人，徒手赶往巡捕房，要求释放被捕者。英国捕头爱伏生竟下令向群众开枪，当场打死学生四人，重伤三十人。这就是震惊中外的“五卅惨案”。惨案的发生震惊华夏，北京各大中学校的学生于次日上街抗议游行，全国各大城市的学生也先后罢课，举国上下一时风起云涌，掀起了一场声势浩大的反帝爱国运动。

“五卅惨案”的消息传到涡阳，涡阳工商学界广大爱国人士充满怒火。惨案发生后，王崇典每天去学校的路上都绕道邮局，买一份《民国日报》和《申报》，一路匆匆翻阅。课堂授课到最后，他留下五分钟，给同学们介绍“五卅惨案”及当前的斗争形势，临末，在黑板上写上两行遒劲有力的大字：

捍卫我中华主权

驱逐帝国主义列强

回到办公室，王崇典顾不上洗掉手上粉笔灰，立刻把报纸上有关“五卅惨案”的重要报道读给大家听，同事们听了，无不义愤填膺，同仇敌忾。王崇典说：“这是一种兽行，每一位中华儿女都不能忍受。但当此之时，我们不能只是空怀一腔怒火作壁上观，相反，我们应像北京上海高校的师生那样，立刻行动起来。”

参加过王崇典读书会的青年老师张雨春说：“我们可以组织校里的师生上街游行进行声援。”

王崇典说：“仅仅我们一所县立高小不够，要往更大范围扩展。”

张雨春搔着脑壳灵机一动：“要不我把我们读书会的成员都召集过来？”

王崇典击掌:“好得很，我们想到一起去了!”

王崇典首先找到另一个办公室的读书会成员李歌，三人碰了一下头。隔日，几人分别通知读书会的成员相聚，王崇典将带来的这几天的报纸分给大家看。经过激烈议论后，王崇典对大家说:“在报纸上大家都看到了，全国各地都已行动，我们涡阳虽是小城，但也不能落后。我以为当前我们应该做两件事，第一，组织人员声讨抗议帝国主义的暴行;第二，禁止涡阳商家销售帝国主义国家生产的一切商品，但凡洋货，一经查出，即予销毁!这两件事，游行示威在前，查禁销毁洋货在后。为什么?后者肯定有阻力，等到游行示威后，大家对帝国主义的罪恶有了认识，查禁销毁才便于进行。”

几位读书会成员内心的激情都被王崇典点燃了，最终大家一致赞成王崇典的提议。

次日，由县立高小为主的一支涡阳教育界抗议游行队伍走上街头，王崇典与张雨春、李歌走在队伍最前列，高举着自制的小旗，不住高呼:“支持上海工人大罢工!”“取消英日租界!”“捍卫中国主权!”“严查凶首，血债要用血来还!”“英国日本资本家从中国滚出去!”“打倒帝国主义!”

隔了一天，涡阳大街上出现了工商界的游行队伍，人数更多，规模更大。

在那段日子，王崇典每天除了上课，便是组织师生示威游行，发表演讲。回家路上他必去邮局，将《申报》《民国日报》仅剩的尽数买下，带给大家传阅。涡阳闭塞，报纸是通向世界的重要窗口。令王崇典心肺欲炸的是，他在6月1日的报纸上看到，中华民国外交总长沈瑞麟代表中方就英日公然杀害中国公民的暴行向驻京外国公使团提出抗议，并要求公使将案情转达驻京有关各公使团予以查办，责令上海领事团速将被捕工人及学生全部释放，但在6月4日《申报》上看到的结果却是，外国公使团对中方的要求予以拒绝。中方再作抗议与要求，竟遭搁置不理。

王崇典陷入深思。7月初的一天，王崇典找到张雨春与李歌，对他们说："不能再这样下去了，我们应该做一些更为有力有效的事，比如我们跟涡阳工商界联合，举行规模更大的抗议示威活动，形成巨大的冲击力与影响力，对沪上工人运动形成声援。"

张雨春与李歌都很赞同王崇典的想法，当日三人来到涡阳工商界联合会，向工商联的负责人老刘表明了他们的想法。老刘拉住王崇典的手说："联合好，众志成城，我赞成！"

会商中，王崇典提出："上海工人大罢工，汉口工人也在大罢工，他们在前台，我们涡阳在后台，在后台的我们可以成立'沪汉罢工后援会'，给他们以社会舆论的支持。与此同时，我们可以募捐，解除罢工工人的生活困难。"

老刘很佩服王崇典虑事的周至，点头赞许道："很好的设想。我建议，我们涡阳先召开一个追悼顾正红的大会，声讨英国、日本帝国主义杀害中国人的罪行。大家对'五卅惨案'有了清晰的了解，情绪被调动起来了，接下来成立'沪汉罢工后援会'，乃至募捐，就成了顺理成章的事。"

王崇典说："你的考虑科学合理，我完全赞成。其实我们可以做出更大胆的设想，'沪汉罢工后援会'成立后，我们可以组织代表赴沪汉，直接参加他们的抗议斗争。"

张雨春说："我们不是要募捐吗，到时候我们把捐得的钱物送过去，就可以参加他们的斗争了。"

王崇典攥着拳头往空中一扬："对，我们要过去，我们应该投身到斗争的洪流中！"

老刘提出，由他负责约请涡阳工会与商会的负责人过来商量具体事宜。次日商量的结果是：7月10日在孔子庙召开追悼顾正红大会，成立"沪汉罢工后援会"。募捐工作以工商界为主，老刘总负责；大会宣传与演讲以教育界为主，王崇典总负责。

回返的途中三人对10日的大会进行了商量。王崇典指出，学校要组织学生参加大会，这必须联系县学联，请学联的负责人做好组织发动工作。李歌说：“这都是跑腿的事，就由我和张雨春做，你是书法家，会场上的宣传布置写标语，就劳你大驾吧。”

王崇典说：“可以。不仅是标语，我们还要安排人演讲，准备演讲稿。另外，我想为我们的大会作一首歌，将我们的悲痛、我们的愤怒化作歌声，向世界唱响。”

张雨春道：“这固然好，但一首歌既要作词，又要作曲，谁来完成？”

王崇典说：“我来。”

张雨春惊讶：“作词你肯定一流，作曲你也会？”

王崇典点点头。

李歌冲王崇典竖起大拇指，充满敬佩道：“你真可以！”

次日，他们开始了各自的分工。张雨春、李歌联系学联，跑县里的各所学校，王崇典书写标语条幅，物色演讲人，准备演讲稿。学校下课后，王崇典在回家的路上拐进一家店，买了一卷纸。晚上吃过晚饭，他立刻走进书房，将纸卷打开，裁纸书写标语。葛淑贞平常见丈夫都是在一种发黄的纸上或者尺幅不大的宣纸上写字，没见过在这么大的纸上写字，而且个个字都写得像刀像剑。王崇典告诉她：“这是开大会用的，写得最大的要做横幅挂在主席台上，其他的要贴到墙上。不能小，小了没有气势。”

葛淑贞不知道开什么大会，她看到丈夫最近特别忙，每天回来都很迟，吃饭时听他说了才知道，他忙碌是因为上海工人受到外国人欺负了，涡阳这边要声援人家。葛淑贞没出过远门，但知道上海离涡阳很远很远，那边发生什么事，涡阳这边八竿子打不着，可丈夫这么关心，把上海工人受到外国人欺负的事放在心上，这说明丈夫心善，是为中国人争气，是在做一件有意义的大事，很了不起。

葛淑贞站在书桌旁看丈夫写字，丈夫写好一幅，就用手指点着，一个字一个字地读给她听：“捍、卫、中、国、主、权”，“打、倒、帝、国、主、义”，“坚、决、撤、除、英、日、租、界”……一幅写好，葛淑贞两手轻轻拿起铺到地上，接下来给丈夫抻纸倒墨，写下一幅。王崇典见妻子已大腹便便，还给他做下手，心里不忍，要她回屋里歇歇，不要站得太久。葛淑贞含笑道："不要紧，我一点不累。这么看着你写字，将来我们的宝宝就会像你一样，字写得好。"

王崇典望着妻子笑了："是吗？"

标语还没有写完，墨水用光了。葛淑贞要上街买，王崇典哪里肯，说："不必不必，你这个身子，不宜出去乱跑。今天就写到这，我可以先做别的事。明天下课我带墨汁回来。"

王崇典开始创作歌曲。歌词早已作好，关键是作曲。他没有作过曲，就像他当初没有从事过话剧创作一样，但他有信心有能力，因为音乐是他的业余爱好，作曲的基本知识他具备。什么是好歌？他觉得好歌就是把自己的心声自己的情感唱出来的歌。"五卅惨案"发生后，每个有良知的中国人心中都被激发出一种声音，这声音如战鼓，似惊雷，沉积于胸，需要迸发。作曲需要安静，王崇典把自己关在书房，一次次谱曲，一次次咏唱，不断以手敲打着节拍。葛淑贞只看到过丈夫写字做文章的状态，没见识过这番架势，一开始不知道他干什么，一边做着针线活，一边支棱着耳朵听。丈夫心情愉快的时候常哼些歌曲，那都是些轻松欢快的小调，不像此刻声音这般高，这般激烈。此刻他是在唱，放开喉咙地唱，在唱的过程中，有一种呼叫，有一种呐喊，书房的窗户似乎跟着震动，葛淑贞的一颗心不由自主地也加快了跳动。

天呀，我家崇典这是在干什么呀？

终于王崇典从书房里出来了。他两眼明亮，白皙的脸上闪着红光，开心地对妻子说："好了！完成了！我没有告诉你，我这是在作一首歌，要拿到大会上唱呢！"

葛淑贞一颗悬着的心落到肚里。天呀，我家崇典还能作歌呢。她含情脉脉地望着丈夫闪着兴奋光泽的俊朗的脸，充满爱意的心中生出一片崇敬。

7月的呐喊

进入7月，天气炎热起来，树上的知了开始“吱吱”地鸣叫。10日这天，追悼顾正红的大会在孔子庙如期进行。前来参加会议的有县工会组织的工人代表，县商会组织的商界代表，县中心小学的一些教师，人数最多的是县学联组织的一批学生，他们排着整齐的队伍，个个手里抓着小旗，旗子上写着标语口号，一路走来一路挥舞。还有一批来自周围乡镇的会议代表。天气炎热，会场只能设在孔子庙的大殿内，但因参会的人数大大超出预期，使得一些后来者无法进入，只能站在大殿外面。会场主席台上拉着巨大横幅，横幅上写着九个大字：“沉痛追悼顾正红大会”，两边的竖幅一边是“打倒帝国主义！”一边是“捍卫中华主权！”，会场所有的标语条幅均出自王崇典手笔。县城里一些请王崇典写过招牌的老板，很得意地指点着条幅说：“这是王家大公子的字，我们县的书法家，我认识！”

本来大家商定由工商联的老刘主持会议，但到最后老刘推脱了，说王崇典老师说话沉稳，有见识，形象又好，坚持要王崇典主持。王崇典谦让了一下，爽然接受。王崇典首先介绍了今天参加会议的各方代表，接着与大家一同简要回顾了“五卅惨案”的概况，当中重点讲述了顾正红作为工人代表与日本资本家周旋交涉惨遭杀害的过程，最后缰绳收笼，回归到今天大会的主题。王崇典声情并茂地说：“我们之所以要开这个大会，目的有三个：第一，对惨遭杀害的顾正红烈士进行追悼；第二，对屠杀中国人民的帝国主义进行声讨；第三，对正在进行罢工斗争的沪汉工人进行大力声援！”

王崇典做完简短的讲话后，接着是各方代表发言。首先发言的是县工会代表。县工会代表说，中国的工人弟兄一家亲，外国鬼子对上海工人下毒手，就是对我们涡阳工人下毒手！顾正红的血不能白流，说什么赔偿，人命是可以赔偿的吗？外国鬼子分明是不把中国工人当人看！我们不能轻易饶过他们！一定要把杀人凶手交出来，血债要用血来偿！

会场上的工人代表高呼口号:“工人兄弟的血不能白流!”

“血债要用血来偿!”

接着是一位身着拷绸长衫、手摇纸扇的商会代表发言,他晃悠着肥大的脑袋说:“我们都是炎黄子孙,上海工人顾正红敢于跟洋人叫板,足见是一位真汉子,有正气,有骨气呀,他是我们炎黄子孙的骄傲。如今他被洋人杀害了,《论语》中说,‘志士仁人,无求生以害仁,有杀身以成仁’,就是说的这样的人呀。今天我们在这里追悼他,纪念他,为他奋不顾身、大义凛然的精神所感佩。他牺牲了,(手中的纸扇往南方一指)上海那边的工人们还在斗争——不仅上海,全国各地的爱国人士都在为他们声援呐喊呢。这是炎黄子孙在争一口气呀。人生在世不都是争的一口气吗?可大家知道吗,斗争是要付代价的,人不是铁打的,与外国鬼子斗争也要吃饭,不吃饭,斗争就没有力量呀,因此我觉得,追悼之后,我们要拿出一些实际的行动来,今天在这里我要对我们涡阳商会的全体成员发出一个倡议,倡议大家伸一把手,为沪汉罢工的工人们进行一次募捐。”

商会代表的讲话立刻得到响应。商会队伍中一位代表捧着一只事先准备好的纸箱走到前面,纸箱上写着“义捐”二字,着拷绸长衫的发言代表率先垂范,抄起长衫下摆,从衣袋里掏出事先准备好的钞票,双手捏着,郑重地放入纸箱的投钞口。紧随其后,参加会议的商会代表鱼贯而上,纷纷进行义捐。其他队伍里的与会人员受到感染,也不断上台捐钱。

最后一个上台发言的是学生代表,他是王崇典班上的学生,叫贾子厚,他发言的题目是王崇典给他出的,叫《痛定思痛,我们应该做些什么?》。王崇典对他的要求是,要把理性的思索与悲愤的情感融注到演讲中,要让胸中奔突的感情热流感染与会的每个人。发言稿写好后,王崇典花了一个晚上的时间对它进行了修改加工。赴会前,王崇典让贾子厚试讲了多次,反复进行了指导。贾子厚个子不高,但他的演讲声音高亢,声情并茂,在表达完对惨遭杀害的顾正红的悼念之情与对帝国主义的强烈愤怒之后，他话锋一转，铿锵激昂地说：“事情发生了，我们不能轻易地让它过去，痛定思痛，我们应该思索：帝国主义为什么胆敢在中国的土地上如此地嚣张胡为？真正有血性的中华儿女应该做出怎样的应对？”

会场一下静如雪原，一个年纪轻轻的学生提出如此深刻的问题令大家刮目。仅仅停顿了片刻，他接着说下去：“帝国主义势力之所以在中国的土地上胡作非为，是因为中国是个积贫积弱的中国，是一个军阀混战四分五裂的中国，是一个在国际上缺少地位没有力量的中国，是一个贫穷愚昧落后的中国，这从鸦片战争起一直就是这样。落后就会挨打，就会遭受西方帝国主义的欺负。远的例子有《辛丑条约》，靠近的有丧权辱国的“二十一条”，放在眼前的就是刚刚发生的上海工人顾正红的被杀。血是殷红的，它是生命的标志，可是他们把顾正红杀害了，让他殷红的血流在中国的土地上。这是多大的屈辱呀！这屈辱在激起我们强烈的愤怒之后，我们每一个中国人都应考虑一个问题，我们应怎样改变这一局面？当下我们应该做些什么？具体到每一位，我是工人，我该做些什么？我是商人，我该做些什么？我是老师，我该做些什么？我是学生，我该做些什么？空怀一腔悲愤之情，没有用，做，才是最重要的！做什么？做一些使国家强大的事，做一些使社会不再黑暗下去的事，做一些让国家统一起来、不再军阀混战百姓遭殃的事，做一些让穷苦大众有饭吃，有衣穿，有房住的事。都努力地去做了，踏实地去做了，国家就会强大，世界就会敞亮，帝国主义就不再敢欺负我们，就夹着尾巴逃跑了！”

贾子厚的讲话赢得满场热烈的掌声。

会议代表发言结束，接下来是大合唱——王崇典创作的《同仇敌忾日倭寇》。会议之前，王崇典在学校组织了一支二十多人的合唱队反复进行演唱，此刻二十几名身着统一学生装的县学联代表走上台，人人手中举着小旗，小旗上的口号都是王崇典亲笔书写，内容是“打倒日本帝国主义！”“坚决支持沪汉工人大罢工！”“中华民族要富强！”

队伍站齐了，王崇典在前指挥，一个高个子男生站在队伍之首领唱，全体同学放开歌喉高唱：

方今肆虐日倭寇，入据中原别有图。
染指旅大真可恨，久占澎台是何故？
沪上杀害吾同胞，华夏蒙辱何时消？
异臭腥膻实难忍，好如不共戴天仇！

歌声响遏行云，参会人员内心的激情都被点燃。

会议的最后一项议程是工商联的老刘宣布成立“沪汉罢工后援会”。他给大家讲了成立后援会的意义，后援会的人员构成，组织构架，工作任务。后援会的负责人由县工会、县商会、县教师、县学联各出一人担任。王崇典被选为教师代表负责人。老刘对大家说：“近日我们将与周边的亳州、蒙城与怀远联系，组织人员直接到上海，到武汉，参加那边的斗争。”

后援会成立后，许多与会人员踊跃报名要求参加。

会议结束，时间已近中午，全体人员一路高呼口号上街游行。太阳当头，天气热辣，汗水不住从人们脸上流下，背上衣衫尽湿。华祖庙街是涡阳最热闹的商业街，当队伍走到这里时，许多店铺里的老板伙计站在门口观望，不时向游行队伍竖起大拇指。

当天下午，王崇典、张雨春、李歌趁热打铁，组织人员查抄了涡阳经销日、英、美布匹、药品、日用品的“和合”“天成”“华美”等几家商号。一些重利忘义的老板藏匿商品，不予配合，与收查人员发生争执，王崇典对他们晓之以理，郑重地对他们说：“商家赚钱没有错，但关键要看怎么赚。作为中国商家，应该支持本民族的经济发展，通过卖本国生产的商品来赚钱才对，帝国主义侵略中国，是中国人民的敌人，你卖他们生产的商品，就是变相做他们的帮凶，支持他们的侵略行为。”

经过突击行动，搜查队查抄收缴了一批日、英、美造的人丹、香皂、香烟等商品。王崇典、张雨春、李歌亲自动手，与大家一同将它们堆积在广场，当众点火，予以焚烧。但见火光闪闪，烟雾飞腾，涡阳街上的许多市民前来围观。王崇典领导的这一收缴焚烧洋货行动，吓得在涡阳开设的英美烟草公司自行关闭。

就这样，王崇典在“五卅运动”中，以涡阳青年老师与学生为先锋，以社会工商各界为主体，以广大群众为代表，组织了一场又一场声势浩大的反帝爱国活动，让涡阳人看到了他卓越的组织才能和斗争精神，感受到了他超常的胆识和魄力。从此之后，他从县高小下课回家走到街上，人们看到他，都面含微笑，主动热情地向他打招呼，目光中充满了无限的敬意。

渴望高飞

就在召开顾正红追悼大会的第二天，王崇礼回到了涡阳。王崇典见到弟弟非常高兴，知道他师范已毕业，问他下一步作何打算？弟弟望着哥哥笑道：“能有什么打算，也就想做个老师呗。”

王崇典知道弟弟说的是真心话。弟弟当初决定读师范，一方面是考虑到家里经济不宽绰，继母对他们兄弟俩不贴心，读师范可以节省些费用，一毕业就能自立谋生，另一方面是因为弟弟确实热爱教师工作，很想将来当上一名教师。王崇典问弟弟：“有没有找学校应聘？”

弟弟说：“还没有，这次回老家，就是准备应聘的。”

王崇典问：“为什么不在芜湖应聘，要回涡阳？”

弟弟不语，目光垂下。王崇典猜到了弟弟心中所想，说：“我觉得你想多了，你跟我不同，你性格比我绵软，继母对你比对我好得多，你完全可以留在芜湖，在芜湖选择一所好学校。芜湖毕竟是大城市，涡阳跟它比，落后多了。”

弟弟说：“芜湖是比涡阳大，但我更喜欢涡阳，我觉得回来舒畅。”

王崇典望着弟弟点点头。此刻他突然觉得，弟弟其实完全跟自己一样，也是极其敏感的人，只是表现得比他隐秘，比他曲折。

弟弟回涡阳不准备走了，他把所有的行李都带来了，他要在这里与哥哥嫂嫂为伴，长期生活下去。

葛淑贞见小叔回来，立刻丢下针线活给他收拾房间。此时的葛淑贞已大腹便便，王崇典哪肯让她做事，立刻用手拦她，要她去歇歇，自己亲自给弟弟收拾房间。可王崇典写字可以，做文章可以，做演讲可以，在课堂上对一大帮学生讲课也呱呱叫，做这类事却不行，事情到了手里总是乱乱的，不成样子，最终还是妻子经手的多。王崇礼看到哥哥嫂嫂为他忙碌，心里暖暖的，再看到他们恩恩爱爱，相互体贴，为他们高兴。老四合院多的是房间，葛淑贞给小叔子选了最安静最敞亮的一间。

一切安定下来，兄弟俩走进书房喝茶叙话。弟弟一进书房门便停住了脚，他看到书桌后面的墙上比先前多了两幅人物像，两个都是外国人，一个大胡子，一个谢顶。王崇典见弟弟盯着图像看，知道他不认识，用手指着告诉他："这一位是马克思，德国伟大的思想家、哲学家；这一位是列宁，俄国十月革命的领袖。他们都是一代伟人，在影响着当今这个世界。"

王崇礼惊讶道："早听说过他们，只是没看过他们的像。涡阳这边书店也有的买？"

"书店没有的卖，是托芜湖的同学从北京买了寄过来的。"

王崇礼久久望着墙上的两位伟人，心中升腾出一股崇敬之情。

弟弟发现，哥哥书房里又多了许多书，都是传播新思想新文化的。尽管书橱里的书放不下，一些书籍堆在外面，但整个书房井然有序，一尘不染，一丝不乱。哥哥就是这样，不仅言谈做事规范有方，即使在一些微不足道的生活小节上也严谨不苟，遵循尺度，实在是让做弟弟的暗暗钦佩。在交谈中弟弟发现，哥哥对世界的认识又有了新的提高，他对基层百姓艰窘的生活状态怀着一腔悲悯之情，对现行政府的腐败无能有了更多的指责与批判，对帝国主义的横行无忌充满了愤怒与仇恨。哥哥所谈的很多内容，对于王崇礼来说都是新鲜的。自上师范以来，王崇礼每次回来与哥哥相聚，哥哥总是生机勃勃，令他耳目一新。哥哥曾不止一次提醒过他，作为现代青年，读书求知之外，还要抬头看世界，关注社会民生、时代发展。跟哥哥在一起，他深深感觉到自己与哥哥的差距。哥哥是奔走在一条大道上，他所处的位置很前，奔跑的速度很快，让做弟弟的他只能远远看到他的一个背影，这背影很高很大，虽无法看到他的面目，但让他感到亲切崇敬。他不知道前方到底是什么在吸引着哥哥，哥哥最终奔向的目标为何物，但他坚信：我的哥哥非等闲之辈，凭着他的胸襟、他的才华，他一定会干出一番大事业！

兄弟俩品着茶，抵膝畅谈，他们好久没这么坐在一起交流了。母亲早逝，与父亲又长期处于离散的状态，这使得兄弟俩较通常的兄弟更多一份亲近与贴心。谈到学业，王崇典说："你读的师专，我读的高中，我们的学历都太低。你想立刻工作，这我完全理解，因为我们家情况特殊，我之先要回涡阳教书也是基于同样的想法。但我觉得，能考大学还是要考个大学，人这一辈子，要努力往高处走，不能就这么早地停下来。当然上大学要花钱，这一点你可能有所担心，但我们可以一同想办法，困难总可以克服的。我现在毕竟每月有薪水，可支持你一些，另外，你如果决定上了，我可以跟父亲讲，要他多少再支持一些。父亲毕竟是父亲，我想不至于袖手不管吧？"

弟弟听了哥哥的话很感动，哥哥说这些都是为他好，盼望他未来有大的发展，可他对哥哥说："哥，大学我真的是不准备上了，我爱涡阳，我爱我们的家，老家这老四合院的一门一窗，一砖一石都在我心中。我自小不大出门，跟着你在这院里玩，我觉得它们是跟我连在一起了。我回到涡阳老家，如果能顺利被学校聘用，当上一名教师，跟哥哥嫂嫂住在一个院里，我实在是很满足了。"

王崇典听了弟弟的肺腑之言不由心酸，呷了一口茶，放下杯子感叹道："没娘的孩子苦命呀。不过，我反正是不满足，我跟你嫂子说过不止一次，我早晚是要上大学的，北京，上海，南京，都可以。我实在不想这一辈子就停留在这里。”

弟弟望着哥哥的脸，见哥哥一脸的沉重与不屈，说：“哥，我要是应聘做上老师，就可以拿到薪水，你上大学我支持你。”

王崇典说：“这话应该是我对你说，哪有做哥的花弟弟钱的。”

隔墙有耳，两人说的这番话全被准备进来给他们加茶的葛淑贞听到了。葛淑贞知道丈夫心大，不满足于当下的状态，一心渴望到大城市读书，只是苦于缺少经济实力。回娘家时，她背着丈夫把崇典的想法跟父母双亲说了，希望得到娘家的支持。娘家那边没说行，也没说不行，一直搁着，葛淑贞也没敢追问。这一天，葛淑贞听了兄弟俩的谈话后，之后特地抽空回去了一趟，再次向父母说起这码事。原来葛淑贞的父亲虽生活在乡下，但这几年做药材生意跑的地方多，心胸变得开阔了，遇事也能放开眼光了，尤其生意做得特别顺畅，日子一天比一天富足。前些日女儿回来说这事，他是没当回事，这回又听到这话，想到这女婿本就是块读书料，如今在县城做小学教师可能是委屈了，要是供他上个大学，将来也许能有大出息，有了大出息，多少也能给葛家门庭争些光，添些彩。这么一想，就爽快答应了。

葛淑贞得到这个喜讯，高兴得没在娘家留宿，当天赶回家。王崇典得到岳丈大人愿意资助他上大学的好消息后，高兴万分，当月参加了上海大夏大学的招生考试。王崇典高中毕业的成绩放在那里，那绝对是一流中的一流，高考自然不在话下，当月底，上海大夏大学的录取通知书就发到了涡阳。

还有两个月妻子就要分娩，王崇典有些不舍。葛淑贞帮他收拾着行李，说：“你放心去吧，你走了，我回我妈妈家过一段日子，一切都会平平安安的。”

临行之前，王崇典与学校的同事，特别是“五卅运动”中一同并肩战斗过的张雨春、李歌，以及工商联的老刘等一批同事朋友一一告别，大家都觉得他在涡阳是龙困浅沼，凭他的才学与志向，早该进入名牌大学进修深造了，一个个都由衷地向他祝贺。临行的前一天，王崇典想到在外读书寒假里回来一起搞读书会的本家侄子王伯衡和他的同学魏季高，估计他们这一刻放暑假在涡阳家里，想告诉他们一下他到上海读书去了，可上门一问，他们正参加高中的升学考试，还没回来。

分别在即，夫妻俩晚上睡在帐子里有说不完的话。王崇典给即将出世的宝宝想好了名字，对妻子淑贞关照，如果生的是男孩，就叫英达，如果是女孩，就叫俊敏。

王崇礼顺利地被哥哥所在的涡阳县立高等小学录取，走上了他一心向往的教师岗位。哥哥临行，他帮哥哥扛着行李，与嫂嫂一起把他送到码头。

第四章
从大夏大学到中央大学

同窗之谊

1925 年 9 月，王崇典进入了上海大夏大学预科。

大夏大学即当今上海华东师范大学的前身，它是由原国民党交通部长王伯群与前厦门大学著名教授欧元怀、王毓祥、傅式说等人，率领厦门大学因学潮离校奔赴上海的三百余名教师与学生创建而成。学校初名“大厦”，“大厦”即厦门大学的简称“厦大”之颠倒，后来取“光大华夏”之意，改名为“大夏大学”。这是一所私立综合大学，设文学院、理学院、教育学院、法学院、师范专修科、体育专修科、盐务专修科。其雄厚的师资和良好的办学实力，使其一度享有“东方的哥伦比亚大学”之美誉。王崇典选择大夏大学基于两个原因：其一，上海或南京是他的热衷地，但由于他确定报考的时间偏迟，一般大学的招生都已结束，而大夏大学尚在创办初期，招生相对偏后，于是他选择了大夏。其二，这应该是主要原因，大夏大学倡导苦教、苦学、苦干的“三苦精神”，主张“读书救国”，以“自强不息”为校训，这一切都吸引着王崇典，于是他别无他求，选择了大夏。

校园是新建的，教学楼、实验室、图书馆、体育场、宿舍楼、师生食堂，包括道路、树木、草坪，一切都是新的。王崇典进校后才知道，学校是在他们入校前不久，刚刚从原租赁的老街区教室搬迁到这里的。开学典礼在聚贤楼举行，校长马君武做了讲话。王崇典会后听说马校长是我国第一个在国外获得工学博士的化学家，并且长期帮助孙中山从事革命活动，心中不由生出无限敬意。

让王崇典十分意外的是，他在大夏大学遇到了不止一个来自安徽的老乡。新生上课第一天，班上进行自我介绍，一个叫刘真如①的同学，操一口涡阳口音，再听听他的简介，原来他真是涡阳人。活动一结束，王崇典正准备去找他，他倒先过来了。原来他也是同样的心情，听到王崇典的自我介绍后，喜出望外。其后经两人申请，他们住进了同一间宿舍。交谈后才知，刘真如家在涡阳下面一个镇上，他的中学是在蒙城读的。他告诉王崇典，理学院还有一位安徽老乡叫陈访先，与他熟悉，过一天他带王崇典去与他相识。王崇典很高兴地说：“异地遇老乡，这真是太好了。”

隔了一天，刘真如带王崇典去理学院的学生宿舍楼会了陈访先。

---

① 刘真如(1905—1947 年)，原名刘成山，涡阳县东太清宫人。1925 入上海大夏大学，后考入南京建业大学。三个学期后，赴北京大学当旁听生。不久转至上海复旦大学。1927 年，任国民党安徽省指导委员会指导员。

陈访先与王崇典虽然是安徽老乡，但一个在皖南的池州，一个在皖北的涡阳，一南一北，相距遥遥。王崇典发现陈访先书桌上有一方砚台，两管毛笔，床上放着翻阅后随手丢下的一本古碑帖《西狭颂》。交谈中得知，陈访先喜欢书法，在宿舍经常读帖写字。当他得知王崇典与他同有此好时，不由高兴异常，说："这真是太好了，以后我们可以经常切磋交流了。"接着拿起床上的《西狭颂》说："这本帖非常好，这段日子我天天在翻，真有些让人爱不释手，我推荐你读读。"

王崇典说："谢谢，我读了，我也有一本。"

陈访先难得遇到一个书法同道，话匣子一打开就收不住："我觉得它真好，细看它的结字、气象，真是天然厚重，超逸高古呀。"

王崇典说："关于《西狭颂》的艺术特点，丁文隽在他的《书法精论》中有一段专门论述，说它'结构严谨，气象嵯峨，此汉碑中之高浑者也；结构妙曼，笔有余妍，此汉碑中之秀丽者也；风回浪卷，英威别具，此汉碑中之雄强者也'。我觉得这段话把《西狭颂》说透了。"

陈访先击节："说得好，说得好，除此而外，是不是它还有一种含而不露，隽永绵长的抒情性？我把握不准，只是朦朦胧胧地觉得。"

王崇典说："笔墨随心，好的书法作品应该都有一种抒情性。《西狭颂》是千古名帖，我们想写好字，肯定要反复地从中吸取营养，只是还有一本与它几乎同一时期的《石门颂》，我觉得很有必要看看，因为就整体的格局与气象而言，它可能还在《西狭颂》之上。"

陈访先很是吃惊："是吗？了得！我一定找来看，一定找来看。你对书法竟有如此深的研究，幸会幸会，今后一定向你学习，请多多帮助！"随即笑容可掬、极其夸张地一鞠躬。

王崇典被他逗乐了，说："我这都是从书上贩来的，并非自己心得。以后相互学习，都是老乡嘛。"

刘真如早受不了了，很不乐意地叫起来："你们打得如此火热，居然把我这个'大媒人'丢开不问了，岂不也太薄情寡义了？抗议抗议！"

陈访先极具幽默感地向刘真如鞠躬致歉：“小的知错了，我今日就要谢大媒，请二位到学校食堂用大餐！”

由陈访先做东，三人开开心心在学校食堂用了晚餐。

之后不久，王崇典在大夏大学又结识了方治与邵华，二位都是安徽人。三发展成五，老乡的队伍壮大了。逢到星期天，五个老乡常在一起聚会，畅谈社会形势，交流学习心得，取笑逗乐，不亦乐乎。

10 月底的一天，王崇典收到弟弟寄来的一封信。弟弟向他报喜，说嫂子生了，很顺利，是个女孩，母子都十分安好。名字就用的他临走前取的“俊敏”。嫂子的月子是在她娘家坐的，要他放心。接下来是嫂子的一段叮嘱：要他一个人在外无论如何要注意身体，胃本来有过毛病，饭不要吃冷的，天凉了，要注意加衣；要他在学校一心读书，家里的事情不要担心；盼他年底回家，让宝宝看看自己的爸爸。

王崇典将信一连读了两遍，一股男性的力量从脚底升腾而起，禁不住满面容光地对刘真如大叫：“我有女儿了！”

到了年底，王崇典准备一放寒假就回家，看看自己的宝贝女儿，看看亲爱的老婆淑贞，在涡阳老家的老四合院里好好过一个大年，一家子好好团聚一下。可是校学生会要利用寒假举行两项社会活动，一是反对军阀割据、呼求国家统一的大型社会宣传活动，二是深入社会基层，调查百姓生活，要求政府关注民生，改善底层百姓的生存状态。王崇典是学生会干部，活动方案都是由他与其他同学一同制定的，整个活动过程中自己却不在现场怎么能行？王崇典考虑再三，决定放弃寒假回家的计划，给家里写了一封信，向妻子说明情况，并做许诺，暑假一定回去！

面对“三一八”惨案

1926 年 3 月 12 日，冯玉祥的国民军与奉系军阀作战，日本军舰掩护奉军驶进天津大沽口，炮击国民军，致其死伤十余名。国民军予以猛烈还击，将日舰驱离大沽口。其后，日本竟联合英、美、法、意、荷等八国于 16 日向段祺瑞政府发出通牒，无理要求撤除大沽口所有的国防设施。消息传出后，3 月 18 日北京各界群众五千余人，由李大钊主持，在天安门集会抗议，大会最终做出决议："通电全国一致反对八国通牒，驱逐八国公使，废除一切不平等条约，撤退外国军舰，电告国民军为反对帝国主义侵略而战。"

大会结束，群情激昂，李大钊率领队伍游行。队伍从天安门出发，经东长安街、东单牌楼、米市大街、东四牌楼，最后进入铁狮子胡同（今张自忠路）东口，在段祺瑞执政府（今中国人民大学清史研究所）门前广场请愿。段祺瑞执政府竟下令开枪，当场打死四十七人，伤二百余人，李大钊、陈乔年均在斗争中负伤。惨案消息传出，全国立刻沸腾，各地舆论纷纷谴责。3 月 20 日，中共中央发表《为段祺瑞屠杀人民告全国民众书》，号召全国商人、学生、工人、农民、兵士，迅速联合起来，发动一场比"五卅运动"更伟大的运动，以雪最后通牒之耻。3 月 23 日，北京各界人士、各社会团体、各学校代表齐聚北京大学大操场，举行了"三一八"死难烈士追悼大会。

上海具有反帝爱国传统，"三一八"惨案发生后，上海各界民主爱国人士立刻进行集会游行，大中学校的师生纷纷走上街头发表演讲，进行示威抗议。王崇典像一团燃烧的火，立刻投身到这股斗争的洪流之中，不断组织同学举行各种声援抗议活动。刘真如、陈访先、方治、邵华，每天跟随着他东奔西走，振臂呐喊。3 月 23 日北京各界人士举行了"三一八"死难烈士追悼大会，次日，上海高校也举行了同样的追悼活动。活动前一天，王崇典因百事缠身，分身无术，要刘真如通知陈访先，请他晚饭后过来与他一同写一批第二天游行示威使用的标语小旗。陈访先在餐厅匆匆吃完晚饭，回宿舍取了几张近日写的书法作品，准备与王崇典碰面后请他看看，提提意见。走进王崇典的宿舍门，王崇典不在，刘真如在。刘真如说，他下午去复旦大学参加一个什么会，到这会儿还没有回来。

陈访先把夹在怀里的一卷书法作品放在王崇典的床上，转身在一张木椅里坐下。

宿舍里一人一张小书桌，陈访先发现别人的小书桌上放的书、碗、笔、衣褂，都有些乱，有的人床上甚至被子都没叠，再看看王崇典，全不是这样，桌上不仅东西放得整整齐齐，而且一尘不染，床上被子叠得有棱有角，十分整洁，几乎超过军营里的要求。陈访先想，王兄整天忙得四脚朝天，生活小节上应该没时间讲究才对，可他竟然这般严谨认真，一丝不苟，真让人佩服呀。

陈访先发现王崇典枕边有一本字帖，拿起来翻看，是《宝剑赞》，张裕钊的书法作品集。陈访先听王崇典说过，他早期书法受张裕钊影响较大。此刻细看张裕钊的作品，内圆外方，劲拔雄奇，气骨兼备，这些特色确实在王崇典的结字用笔中有所体现。

刘真如见陈访先在看《宝剑赞》，说："这本书是他的心肝宝贝，我看他晚上睡觉前常拿出来翻看，有时躺在床上还以指当空摹画，但这段日子倒是没看到他翻阅。"

坐着等着，两人谈到近日的"三一八"，谈到上海高校引发的学生运动，陈访先无限感叹道："不得了，说到学生运动，真让我不得不佩服我们的这位老乡崇典兄！"

刘真如不解地望着他："怎么啦？"

陈访先道："我觉得他真是个优秀的社会活动家。你是知道的，他跟我们物理系并不熟，可跑过去也就找我问了一下谁是系里的学生干部，然后就直接过去找他们，接下来就把整个系的同学鼓动起来，一起与其他院系的同学上街了。"

刘真如说："你说的是你们物理系，你还没看到他到西文系呢，那才令人佩服呢。"

陈访先眼一瞪："了得！西文系那边美女如云，而且个个说的都是洋话，他也跑过去做工作？"

刘真如说："正是。我们的崇典兄不仅把一个系给发动起来，而且让人意想不到的是，竟有个系里的小女生被他的风度气质迷倒，追他一直追到我们宿舍来了。”

“真的这么厉害？ 不过我们崇典兄个子高挑，皮肤白皙，有玉树临风之概，谈吐又那么风雅，女孩子见了不喜欢也难。 那女孩模样怎么样？”

刘真如手点着陈访先，讥嘲道：“挺不错。 你这家伙，拉口水了吧？”

陈访先摇头晃脑：“佩服佩服，崇典兄是个大才，非你我等闲之辈，来日不可限量，必有大成就呀。”

等了很久，谈了许多闲话，还不见王崇典回来，陈访先夹起带来的书法作品准备回了，走到宿舍门口，没想到与王崇典撞个满怀。 王崇典忙得晚饭还没吃，手里抓着一只馒头在啃，连向陈访先打招呼说，对不起，对不起，让你久等了，实在没办法，在复旦开完会又见了几个人，商谈了一些明天追悼会的事，把时间耽搁下来了。

陈访先说，没事没事，我跟真如谈谈话，挺好的。 说着就把夹在腋下的书法作品打开来请王崇典看，要王崇典提些宝贵意见。 王崇典也不绕弯，就自己的感受立刻与他交流看法，陈访先先是不能接受，接着一拍脑门，大呼有理有理！ 崇典兄真是火眼金睛，切中肯綮呀！

刘真如见王崇典空啃着干馒头，一副难以下咽的样子，连忙倒了一杯水给他，王崇典随手接过，大口喝着。

时间不早了，王崇典立刻与陈访先去写标语。 刘真如要去给他们帮帮忙，也要跟着去。 王崇典很高兴，说：“时间早的话我本来准备叫两个学生会的干部过来帮忙的，这会有些迟了，就罢了。 你能跟我们一同过去，太好了。 我看这样，劳你驾，你去把方治、邵华也请过来，我与陈访先负责写，你们三位负责往小旗竿上贴，流水作业，我们来个突击，争取早一点结束，你看如何？”

刘真如一口答应：“好呀。”

写标语的地点在学生会活动室，纸墨笔砚现成的。 刘真如很快把方治、邵华叫来了。 五个人聚在一起，一边手上做着事，一边不住聊大天，气氛热烈。忙到十一点，圆满结束。五人来到校里一家宵夜馆，王崇典做东，一人吃了一碗麻油馄饨。

次日，“三一八”死难烈士纪念大会顺利进行，王崇典代表大夏大学在会上做了演讲，其言辞之锋利，情感之诚挚，思想之深刻，分析之透彻，令与会的广大师生折服。会间，复旦大学负责学联工作的郑同达给他介绍认识了一个人。此人年纪稍长，络腮胡，戴一顶鸭舌帽，气色沉静，目光冷峻，装束上貌似一名工人，但一接触一交流就发现，此人绝不是一个普通工人。郑同达告诉王崇典，他叫孙津川①，中共党员，对复旦大学学联的活动非常关心，经常过来做一些指导。王崇典听完郑同达的介绍，立刻对面前这位戴鸭舌帽的人充满敬意。早在芜湖读高中时，高语罕老师就给他介绍过共产党的概况，并知道了中国共产党成立于1921年，《新青年》的创始人陈独秀、李大钊都是最早的共产党人。李大钊还在北大创办了马克思主义者研究会，高语罕老师与他有着非同一般的友情。王崇典对共产党人一直非常关注，只是在生活中始终没有接触的机会，没想到今天在这里有幸见到。交谈中得知，孙津川先生早已知道他王崇典，对他这段日子在学运中所做的工作不仅十分了解，而且给予了高度赞赏。孙津川对王崇典说：“我们党内不定期地有一些活动，今后想邀请你列席参加，不知你是否愿意?”

王崇典喜出望外：“怎么会不愿意呢，完全乐意，非常乐意!”

他与孙津川虽是初见，却一见如故，大有相见恨晚之慨。

王崇典没想到，“三一八”惨案后，他在大夏大学组织的学生运动受到了校方的反对，追悼大会结束，当日举行了游行示威，一位副校长前来阻挠，对广大同学厉声训斥：“不得胡为，都给我回教室去！统

---

① 孙津川(1895—1928年)，原名孙方淦，曾用名孙竞川，安徽寿县人。中共党员。曾任淞沪铁路总工会会长，京(宁)沪杭甬两路工会会长、全国铁路总工会委员。1928年3月，任中共南京市委书记，同年7月被捕，10月被国民党反动派在南京雨花台杀害。见1981年《雨花古今谈》。

统回教室去！ 政府的事由政府料理，什么时候要你们操心了？ 你们操心是瞎操心！ 别忘了你们的身份，你们是大夏的学子，学子应以读书为本，你们把本丢掉了！ 你们的父亲花钱培养你们，你们应为家庭争气才对，不应该一味地做这些无用功的事！”

王崇典没有被校长的声势吓倒，当场进行了驳斥：“校长大人的话不对。 天下兴亡，匹夫有责，这是中华民族的千年古训。 当今执政府对外软弱，对内挥刀杀害手无寸铁的爱国学生，这种情况下，如果我们视若无睹，只是一味地安坐在课堂面壁读书，这还有点人味有点血性吗？ 还配做中华民族的一分子吗？ 还有脸说自己是炎黄子孙吗？我们反对列强，争取主权，扫除暴政，这是为我们的国家争气，为我们的民族争气，做的是光荣的事，正当的事，不仅丝毫没有给我们的父母家人丢脸，相反是给他们争光！”

王崇典的回击赢得了同学们热烈的掌声，一个模样娇俏、激动得脸蛋通红的女生挤到队伍前列，紧紧站到王崇典的身边，拼命鼓掌，以示对王崇典的支持。

刘真如用手指着那个女生告诉陈访先：“西文系追我们崇典兄的小女生，就是她。”

陈访先顺着刘真如的手指看去，那个女生果然俊俏。

之后陈访先叮住王崇典问，那个女生叫什么名字？ 王崇典一脸茫然：“女生？ 哪个女生？”

陈访先望着刘真如嘻嘻笑道：“你看你看，还跟我们装蒜。 西文系追你的那个女生呀。”

王崇典皱皱眉：“不要瞎讲。”

直到很久之后大家才搞清，那个女生叫于一芝，西文系一年级预科班的学生，家在上海。

星　光

1926 年 7 月，王崇典考入南京东南大学法学院政治系。 与此同时，刘真如考入南京建业大学，邵华考入复旦。陈访先和方治继续在大夏大学读书。

五个老乡相处一年，彼此都有了感情，如今骤然分离，实在有些不舍，于是找了个酒馆聚聚。大家都倒了酒，杯子端起来，你一下，我一下，脸上都喝得红光光。陈访先说：“刘关张桃园三结义，我们王刘方邵陈，今日沪上五结义，今生今世永不忘！”

刘真如一下站起，豪情万丈：“好一个沪上五结义，干！”

方治跟着举杯：“苛富贵，勿相忘！”

王崇典的一杯酒一直满满的，他从不饮酒，以水相陪，茶杯一举对大家说：“沪宁毗连如兄弟，我们可以常走动！”

邵华连连称是：“对，节假日，常走动！”

令王崇典意想不到的是，在他接到东南大学录取通知书的次日，西文系的于一芝一脸红晕地跑到他宿舍，举着白嫩的手招他出去说话。于一芝在西文系是一名学运积极分子，王崇典在运动过程中认识了她，开始觉得她有些娇气，太重穿着，后来发现她工作积极性很高，做什么都充满一股热情，这对于一个出生在上海富有之家的女孩，实在难能可贵，于是对她印象逐渐好了起来。但到后来王崇典发现，上街游行示威结束，于一芝经常落在后面等他，眉眼神色里时不时对他流露出一丝丝情意，特别是她那双黑幽幽的大眼，经常一眨不眨地望定他，放出热热的光，王崇典觉得很不妥。从此以后，除了工作接触，平常就注意跟她保持距离了。此刻见她向自己招手，王崇典只觉得答应她不好，不答应她也不好，一时不知如何应对。刘真如早看在眼里了，意味深长地对王崇典笑道：“人家女孩子劳动玉趾上门，你老兄应该热情相迎才对，这副样子，也太没有一点绅士精神了吧。”

王崇典没搭理刘真如，起身离开宿舍，同于一芝走到宿舍楼前紫藤架下，问：“找我有事吗？”

于一芝娇嫩的脸上充满红晕，望着王崇典兴奋道：“我也考进东南大学了！”

王崇典眼一下瞪大，不知所以然。

于一芝睨着他，调皮一笑："我晓得你回避我，就没有告诉你。我早先在学校报考志愿栏里看到你填的东南大学，我就也选了东南大学。你成绩好，我知道你百分之百考中，而我就悬了，可是幸运之神眷顾我，让我也考中了！我真太高兴了！太高兴了！"

王崇典平静地望住她说："你大可不必这样，我觉得这对于我们之间没有什么意义的。"

于一芝低下头，咬着嘴唇。

王崇典说："我告诉过你，我已结过婚，是有妇之夫。我们之间只能是一般同学关系。"

于一芝一脸委屈的样子："我也不是不知道你结过婚，我也并没有什么非分之想，我只想跟你在一个学校读书，经常看到你，跟你说说话，这难道都不可以吗？"

王崇典把目光投向远方，对着远处青葱的树："不是说不可以，我跟你说了，我们只是普通的同学关系，你这样做没有什么必要。"

于一芝娇娇地小声道："不嘛，我就想跟你在一个学校，这也不可以吗？"

王崇典望住她，无奈地摇摇头。

离开大夏大学前一天，共产党人孙津川过来找王崇典。上次见到他是在3月，王崇典清楚地记得他的形象，络腮胡，戴一顶鸭舌帽，目光有力。这一回是7月，他头上没戴帽子，露出板寸，络腮胡子刚剃过不久，冒出一片黑粗粗的胡茬。自从上次见面后，王崇典由孙津川通知参加过两次沪上共产党人的会议，接受了不少新思想，耳目为之一新。如今即将离沪，见孙津川来找他，非常高兴。孙津川说："听说你要到南京读书，我过来找你，是有些话想跟你谈谈。宿舍里太热了，我们出去找个凉快的地方坐坐吧。"

校园东头有座小公园，老树参天，十分阴凉，王崇典与孙津川在园中溜达。孙津川说："你就要离开上海了，有个情况我想告诉你。"

王崇典转脸望住孙津川："什么情况?"

孙津川说："我们党组织最近一直在考察你，发现你为人正派，思想先进，特别在'三一八'学生运动中做了大量学运工作，十分可贵。我们已把你作为我们的培养对象，并准备征求你的意愿，是愿意还是不愿意加入我们的党组织，没想到你已考取东南大学，要离开上海了。"

王崇典双脚一下站住，转脸望着孙津川，无比激动道："是吗? 你们党组织要培养我? 我是一名普通学生，够格吗?"

孙津川说："只要本人愿意，经过培养符合条件，学生也是可以入党的。"

王崇典声音响亮地说："我愿意，一百个愿意! 我上中学时，就听过老师对共产党的介绍，心中充满了向往。"

孙津川告诉他，他其实是搞工运工作的，跟高校并没有什么联系，只是一次到复旦大学办事，在一个会上听到了他的发言，对他印象极好，之后又向人打听了他的情况，于是开始注意他了，并把他列为了培养发展对象。

王崇典遗憾地说："可我就要离开上海了。"

孙津川说："没关系，南京那边有我们的组织，我们可以让你与那边联系。"

王崇典十分兴奋："是吗? 那太好了! 劳驾你们把我介绍给他们。"

孙津川从口袋里掏出一只信封递给王崇典："这是我为你写好的一封信，你收好。你不是上的东南大学吗? 到了东南大学，你去物理系一年级，不，过了暑假应该是二年级了，找一个叫齐国庆的学生，把这封信交给他。他是东大学生运动的领袖，与我熟悉。他看了信后，会带你与南京党组织联系的。"

王崇典将信接过，很慎重地放入衣袋。

在接下来的交谈中，王崇典知道了孙津川原来也是安徽人，老家是安徽寿县。

王崇典说："怪道，我第一见到你听你说话，就觉得你有一丝丝安徽的口音，但又不那么明显，没有好问你。"

孙津川说："我出生苦，从老家出来早，在外这么多年，口音杂掉了。"

王崇典感到很新鲜，好奇地问："你从老家出来后，一下就到了上海？"

"不，先到的南京。"

两人排了一下生辰，孙津川 1895 年生，比王崇典大七岁，是老大哥。原来他从小就跟随在南京打工的父母来到秦淮河畔谋生，十四岁进入金陵洋炮局当童工。二十三岁那年，第一次走进上海滩，进入上海兴发机器厂，后因积极参加为工伤工友向资本家争取工伤医疗费用的斗争，被资本家开除。之后与共产党人有了接触，不断受到教育提高，1925 年加入党组织。

王崇典停下脚步，望住孙津川道："你加入党组织后，感觉上跟以前比是不是有什么不同？"

孙津川想了想说："不同，觉得背后有了一座可依靠的大山。不仅如此，最重要的是，不像从前盲目了，干什么都有了一个目标。"

王崇典睁大双眼问："什么目标？"

"为天下劳苦大众不再受剥削，不再受压迫，过上好日子。"

王崇典把这句话深深地记在了脑子里，点了点头。

孙津川问："我听他们说，你已结过婚，学校都已放假了，你怎么还不急着回去呀？"

王崇典说："回呢，学校这边还有一点事，一做完就走。离家一年了，寒假都没有回去，心里确实也怪想的。再则，我弟弟就在这个月结婚，也是就着我回去的时间，家里前两天还来信催着我，不回不行的。"

孙津川拍拍王崇典肩，笑道："一家之长，这么长时间了，该回去啦。”

两人交谈了很久，最后握手告别。

王崇典把孙津川一直送到学校大门口。分手后，心情有些特别，一个人在操场上散步。天已黄昏，西边教学楼后面的天空正烧晚霞，一大片红光映照在图书馆二层楼的大玻璃窗上。篮球场上有人在打篮球，呼喊声远远传来，生机勃勃，充满朝气。王崇典望着那些矫健的身影，心里想，人活着就应该有一种蓬勃向上的力量，这力量来自何处？来自一个高远恒定的生活目标，来自胸中的那个伟大的理想。共产党人，以让天下劳苦大众翻身得解放、过上好日子为目标，以令世界走向大同为理想，他们是有社会担当的人，是胸怀天下的人，是干一番大事业的人。原来这些人就在我们的生活中，他们就像夏夜天空中的星星，静静地发出一种光，把一个黑漆漆的世界一点一点照亮。他们是一批可贵的人，是真正意义上大写的人呀!

温暖的家

1926 年 7 月底的一个骄阳如火的大热天，王崇典回到了涡阳老家。

离家整整一年了，这是他婚后第一次离家。在这一年中，妻子给他生了女儿，他的社会身份中增加了“父亲”这一角色，个人的生命史可谓翻开了新篇章。

回来之前他是给家里写了信的，妻子知道他这两天到家，一定在家里盼了吧？读中学离家几年，毕业后回涡乡，心情上虽有几分阔别后的亲切，但总体较为淡定，可这回大不相同了。远远地，船还在涡河上航行，王崇典就趴在窗口望了。船傍着码头停下，他提着行李走上甲板的脚步是匆急的。一抬头，涡阳城楼已在面前。那城门、鼓楼、堞垛，多么熟悉，多么亲切。城门口的两棵大树，枝繁叶茂，郁郁葱葱，像慈祥的老人家在迎他，对他露出微笑。走到城门口，王崇典禁不住抬起头，门头石额上“涡阳”两个大字多端庄，多有魅力呀，以前从这门下过，怎么就没有觉得呢？ 走上了华祖庙街，老街坊们见到他，都热情洋溢地跟他打招呼。 近乡情更怯，王崇典想起了前人常说的这句话。 为什么情更怯？ 因为这是自己的故乡家园，父母家人兄弟姊妹都生活在这里，他们都悬着一双望眼盼你回来与他们团聚呢。

王崇典走进家门，穿过天井进客堂，一眼看到铺有罗底砖的地上有一只大竹匾，竹匾里一个穿着红肚兜的小娃娃手里抓着一只小摇铃在玩。 王崇典双足立住不动了，久久望住那小人儿。 她就是我的女儿俊敏？ 王崇典将行李朝下一搁，立刻在竹匾前蹲下。 小人儿一点不认生，乌溜溜的大眼望着他。 王崇典心中天然的父性水库的闸门一下打开，胸中柔情似水，温情洋溢，禁不住抬手轻轻摸了摸小人儿粉嫩粉嫩的小脸，想把她抱起，手生，又不知道怎么抱，转脸对着里屋叫："淑贞，你在屋里吗？ 我回来了！"

葛淑贞正在房间里擦抹席子准备迎接丈夫回家，听到这一声叫，呆住了，心口扑通扑通跳，扯了扯衣襟，连忙从屋里跑出。 到了客堂，见丈夫拙手拙脚地抱着女儿，大脸对着小脸在笑，不由一下收住脚。 王崇典听到脚步声扭过脸，与妻子一下眼对眼，嘿嘿笑出声。 葛淑贞抿着嘴笑，心里激动，欢喜，委屈，嗔怪，杂七杂八的情绪全涌上来，眼泪一下涌出眼眶，连忙抬手擦，上前从丈夫手里接过女儿，说："怎么不声不响就到家了。 坐的船吧。 天太热了，很受累了吧？ 饿了吧？ 先喝点水吧。"前言不搭后语的。

崇礼下班回来了。 崇礼望着哥哥一下愣住了。

"咋啦？"王崇典问，见弟弟盯着自己的头，他明白了，弟弟是对他发型的改变感到吃惊，立刻笑着解释，"到上海后第一次理发，我走了一会神，就被理成了这副样子。 一开始我也不习惯。 不过，上海的大学生都是这种发型。"

崇礼指着哥哥的头对嫂嫂笑道："我哥变得洋气了！"

晚上葛淑贞做了两个菜，一家子欢欢喜喜聚在一起谈家常，谈涡阳，谈大城市的新闻，其乐融融。王崇典问弟弟婚礼准备的情况，弟弟告诉他，婚期就在这个月26日，礼仪上的繁琐事务他全不懂，都由父亲与继母一手安排了，无需他操心。王崇典起身走向卧室，片刻又出来，将一只用红色丝带扎着的高高的盒子放在桌上，说："这是我在上海给你买的一份礼物，不知道你喜欢不喜欢。"

崇礼心里暖暖的，笑着问是什么，王崇典不说，抬手去解红丝带系成的结。可他手有些笨，结解不开。葛淑贞立刻把抱在怀里的女儿丢进摇篮，过来解。丝带解开，盒子打开，里面是一对很俊俏很好看的新娘新郎，新娘身着红裙，端庄俏丽，新郎西装笔挺，系着领带，鼻梁上还架着一副眼镜。

崇礼第一次见到这种洋货，开心得拊掌大笑："好！我喜欢！谢谢哥哥！"

当晚葛淑贞将宝宝安顿好，与丈夫早早歇了。小别赛新婚，夫妻俩情不自禁，着实温存缠绵了一番。待平定下来，王崇礼对妻子说："我这一出去就是一年，让你一个人在家辛苦了。"

葛淑贞说："苦倒不多苦，只是一个人时经常想你。"

王崇典说："我也很想你的，春节本来是准备回来的，校学生会组织活动，我是负责人，实在走不掉。你怪我了吧？"

"没怪。"

王崇典一只胳膊搂着妻，一只手摇着扇子。

葛淑贞说："你歇歇，我不热，老扇膀子累。"

王崇典把扇子放下，说："我看到墙上挂着字块，你还在坚持学认字，我很高兴。"

葛淑贞盈盈含笑，声音柔柔地说："你临走不是关照我的吗，要坚持学认字，我就让崇礼有空写两个字块，教我一下。"

王崇典夸赞道："你做得很好，人不识字不行，不识字就不能读书，不读书对世界就认识不清，糊里糊涂，容易成为一只糊涂虫。做女人也要识字，不识字那是旧式妇女。女子无才便是德，那是老皇历了，早翻过去了。新时代的女性，要有文化，有知识。我们的女儿长大了，我是一定要供她读书的，不光要读完高中，还要读大学，成为新时代的新女性！”

葛淑贞说：“我知道你说的话有道理，我都记住了。俊敏很乖巧，我把她放在竹匾里她一个人玩，一点都不闹，将来读书肯定像你一样好。”

第二天王崇典饭碗一丢，早早地出门去给爷爷奶奶与母亲上坟。葛淑贞要陪他一块去，王崇典说：“罢了，大热的天，你就在家带俊敏吧，我一个人去就行了。”

王崇典在街上买了四刀纸，三袋元宝，出城门，直往西郊王氏祖茔地。王崇典先到爷爷奶奶的坟上磕头，化了纸钱元宝，低头沉声道：“爷爷奶奶，清明我不在家，没能给他们上坟，你们怪我了吧？没办法，我在外读书，路远迢迢，一时实在难以回来。我知道，爷爷一心希望我读书，读出好成绩，读出名堂呢。爷爷，我一直很努力，我没有辜负你，现在已从上海的大夏大学考进了南京的东南大学。”

上过爷爷奶奶的坟，接着给母亲上坟。王崇典深深地为母亲抱屈，几千年根深蒂固的男尊女卑思想，使母亲的坟在王氏茔地里不能进入中心，只能屈居边角地带，碑也矮矮的，不那么起眼。王崇典对这种做法很不满，心想，早晚有一天，我要给母亲重竖一块碑！

王崇典在母亲坟前跪下，说：“妈，我来看你来了……”他深深地磕了头，然后把纸钱元宝点燃。

最后，王崇典把剩余的一刀纸与一包元宝烧给王家的众位先人。

隔日，王崇典要去县高等小学看看过去的同事。弟弟告诉他，张雨春已去安庆教书，李歌一放假就回了下面镇上老家，都碰不到他们。王崇典觉得很遗憾，但出于一种特殊的心情，还是到县高小转了转。

学校在放假，只有住校的老师在，他们见到王崇典，都请他到家里坐，很客气。离开县高小，穿过华祖庙街，王崇典绕到王伯衡家。

去年王崇典赴上海读书前想见见他，可他忙于升学考试没碰到，没想到今年暑假又不在家。家人充满抱怨，说不知道他忙的什么事，家都不要了。王崇典心里想，这不奇怪，自己寒假不是没有回家嘛。问他父母，王伯衡在哪里读书？家人答，在南京。问南京哪所学校。答，五卅中学。王崇典记住了，心想，我到东南大学后，会有机会见面的。

转眼到了崇礼的婚期，父亲为了卸下肩头最后一只沉重的包袱，再次向芜湖警察局请假，带着夫人回到涡阳主办婚事。婚礼是隆重的，一切按照涡阳的风俗进行，过彩礼，吃会亲酒，敬祖宗，拜堂，谢大媒……女方提出的这样那样要求，能满足的都一一满足。继母有了上一回王崇典结婚的经验，所有事务经她手都安排得妥妥当当，协助着父亲迎接客人，应答询问，端茶递水，散发糖果，招呼吃饭，里里外外忙碌，玲珑剔透。王崇典在这种场合上自然是拙手拙脚，发挥不出用处，眼看着继母在不住卖力地张罗，想到自己长期以来对继母心存的怪怨，不由愧疚，觉得从今往后，待人接物还是应以宽厚为要。婚礼结束，尘埃落定，父亲与继母回芜湖去了。

王家老四合院里又多了一个新人。两个小家庭合着一个锅吃饭，其乐融融。弟媳叫韩佩媛，是涡阳城里一个好人家的女儿，比弟弟小两岁，欢眉欢眼，模样端正，性格看上去比葛淑贞外向，是属于那种阳光灿烂踏实过日子的好女人。王崇典看在眼里，喜在心中，为弟弟高兴。

到8月底，王崇典要上南京读书了，葛淑贞开始给王崇典收拾行李。王崇礼看到了，回屋要韩佩媛过来帮忙。韩佩媛立刻欢欢喜喜地过来，叫了一声嫂，问她能帮助做些什么？葛淑贞想，佩媛是新进门的媳妇，哪能让她劳动？连说，谢谢了，不要的，就一点点事，我一个人忙得赢，真的不要你动手。韩佩媛说，她在屋里正闲得难受，想找点事做做呢。转脸刚巧看到王崇典抱着俊敏进来，笑着手一伸："哥，宝宝给我抱，你陪嫂嫂说说话吧。"就从王崇典怀里抱过俊敏逗着笑着出去了。

屋里安静下来，葛淑贞将一件件叠得方方正正的衣服往行李箱里放，王崇典见妻子手头上有些乱，知道她心里难受，就在床边坐下来，伸手过去帮她收拾，一边对她说："明天就要走了，我知道你心情不好，但，这是没有办法的事，目前我们只好忍受着。"

葛淑贞低着头，将一件她亲手织的毛衣叠起来。

王崇典说："你既要带俊敏，又要做家务，很不容易，做丈夫的我应该帮你分担一些才是，可是我却帮不了你，只顾自己在外读书，很对不起你。"

葛淑贞头抬起来望着丈夫："这不能怪你，你读书，我应该支持你，这是我们开始就说好的。只是……"

"什么？"

"只是，一个人时，老是想你……"

王崇典苦笑笑，低下头："我也是。"

葛淑贞眼泪下来："你答应放假回来的，就要回来！"

王崇典望着妻，动容道："我答应你，这一回，一定！"

第二天王崇典就踏上返程了。一家子出动，葛淑贞手里抱着俊敏，崇礼说什么也不让哥哥提行李，说等之后下了船，大包小包全靠哥哥你一个人了，这会就全让我包了，你轻松一下吧。将一只包挎在肩上，一只箱提在手里，佩媛要帮他分担，他不让，说，你也歇着，我一个人行。

一直送到码头，送上船。

王崇典向妻子伸出双臂，笑道："俊敏给我抱一下。"

妻把女儿递给他。王崇典把俊敏抱在怀里，亲了亲。

汽笛响了，王崇典把女儿还到葛淑贞手里。

小火轮晃动，船开始开动。

王崇典望着岸上的亲人，心中不禁柔柔的，一种深深的不舍之情像一股汹涌的大水从心底翻上来，将他裹挟。

船越开越远，涡阳城蜿蜒如带，成了青青的一痕。

王崇典心里默念，寒假再回来，一定!

大写的人

1926 年 8 月，王崇典进入南京东南大学法学院政治系。

东南大学起源于 1902 年的三江师范学堂，1906 年 5 月，两江总督周馥易“三江”为“两江”，并根据《奏定学堂章程》条例，定名为“两江优质师范学堂”。其校训为“嚼得草根，做得大事”，为社会培养了一批英才。1916 年，鉴于中国生产力水平低，国家贫穷落后，急需发展民族工业，又因第一次世界大战爆发，帝国主义无暇东顾，给中国的民族工业的发展带来机遇，社会急需工业制造方面的人才，学校遂设工业机械专科，拟在原校基础上，建立一所国立大学，取名“东南大学”。1921 年经教育部核准《东南大学组织大纲》，东南大学得以成立，其后于 1928 年更名为“国立中央大学”。这是中国最早的一所偏重于理工科的综合性大学，在当时乃至以后，均具有极高的地位与极大的影响力。

学校为新生举行了开学典礼，各院系开始了新学期的授课。一天下午，王崇典上完最后一节自习课，口袋里装着孙津川给他写的那封信来到物理系，一路打听着来到二年级教室，向坐在窗口的一位上自习的同学问，齐国庆在不在这个班？那同学说，在这个班。回头望望教室后面，说，这一刻他不在。王崇典问，他上哪了？答，不知道。

王崇典想，既已找到他的教室，那就过后再来找吧。返身走到楼梯口，见三个学生一路说着话步声有力地走过来，王崇典在走道边立住，待他们走到面前，开口问：“请问你们有没有看到齐国庆同学？”

当中一个高个子扭头道：“我就是齐国庆，找我有事？”

王崇典有一种望外之喜：“是的，找你有事。”

“你是？”

“我叫王崇典，政治系的新生。”

齐国庆要两个同行的同学先回教室，自己一个人留下。

王崇典从衣袋里掏出信递给他："这是我离开上海时，一位姓孙的先生要我带给你的。"

齐国庆问："是孙津川？"

王崇典答："正是他。"

齐国庆将信拆开，快速浏览了一遍，抬头望住王崇典说："你是大夏大学学生会的干部，那太好了！近期我们东大学生配合国共合作，正在搞一系列宣传活动，欢迎你参加！"

王崇典立刻表态："请你直接安排，我很乐意参加你们的工作。"

齐国庆将信收起，握住王崇典的手说："那我们的队伍中又多了一位新人了，这是大好事。我们的活动是由中共南京党组织统一安排的，改日我们找一个时间细聊，把具体活动的内容讲给你听。放心，我们虽在不同的系，但在同一个校园，联系起来很方便。"

王崇典说："好的，我会过来找你的。"

齐国庆说，如果在教室找不到，可以到宿舍找他，并告诉了他宿舍编号。

齐国庆为人热情开朗，王崇典与他接触了几次，彼此就熟悉了。想不到，他也是安徽人，祖籍安徽太和县，更想不到的是，他与王崇典居然同一年出生。交谈中得知，他的少年时代比王崇典幸运得多，其父是一位主张实业救国的绅士，追求新知，思想开明，这使得齐国庆早早接触到了马克思主义和社会主义思想。他读书比王崇典早，十九岁那年从安徽省第六中学毕业，考入南京河海工程学校，次年考入东南大学物理系。①

因为齐国庆的引荐，王崇典很快认识了东南大学的学运领导人。在参加了他们的会议与活动后，王崇典很快发现，东大的学运如齐国

① 参见南京党史网2014年5月7日发布的《齐国庆》一文。http://dsb.nanjing.gov.cn/dsyj/rwyj/gmls/201306/t20130617_960935.html。

庆所说，直接受中共南京党组织领导。一日，王崇典在参加完一个会议后，经齐国庆介绍认识了一位叫黄永昌的人。黄先生三十多岁，目光深沉，皮肤微黑，头上戴一顶鸭舌帽，那样子，使王崇典很自然地联想到孙津川。黄永昌与孙津川都是中共党员，这使得王崇典不禁遐想，典型的共产党员的形象，是不是都是这副着一身普通工装，目光深沉，戴一顶鸭舌帽的样子？他们是一批走在时代前列的人，是给世界带来曙光的人，是令人敬佩的大写的人。临离上海，孙津川曾告诉王崇典，他们有意培养和发展他加入党组织。王崇典想，我现在虽然还不是共产党的一员，但我要向他们看齐，努力做一个大写的人。

1926 年是第一次国共合作时期，也即大革命时期，国民革命军挥师北伐，推翻帝国主义与封建军阀是其首要任务，各大城市的学生运动都围绕这一中心任务。王崇典充分领会了这一基本精神，回到他所在的法学院政治系，很快组织了一支关心国事、积极上进的学生队伍，带领大家先是在校园，接着走出校门，走上街头，采用贴标语、出墙报、做演讲等多种形式，向广大民众宣传国共合作的精神，呼吁大家全力支持国民革命军的北伐，打倒军阀，打倒帝国主义。

王崇典在组织上述活动的过程中，于一芝成了他的好帮手。王崇典只知道于一芝考进了东南大学，并不知道她考进的也是法学院政治系。

“你学的不是英文嘛，干吗选择政治系？”王崇典蹙着眉问。

于一芝娇嗔道：“英文只是一种交流工具，能听能说就行了，没必要在上面下大功夫，政治学能开发我的思维，让我看清世界，学习它难道不好吗？”

王崇典组织演讲活动，于一芝不止一次打头阵，她声音脆，形象好，围过来听的市民一大群，演讲效果特别好。王崇典出墙报时，于一芝自知字写得不够好，就甘居其后做下手，搬凳子，擦黑板，准备彩笔。在家她是个娇生惯养、从不做事的人，可此刻做得很卖力，经常跟大家一直忙到太阳落山。

一天，王崇典跟齐国庆商量：“我们是不是可以与兄弟学校联手，共同举行一些活动，这样规模会更大，效果会更好。”

齐国庆说：“你这想法很好，我们可以试试。”

于一芝在旁边向王崇典献策：“刘真如在建业大学，前几天他来找我们，可惜你不在，我陪他聊了半天，我们可以去找他谈这件事。”

王崇典转脸望了于一芝一眼：“是的，可以找他一试。不仅建业大学，我们还可以去上海，陈访先和方治在大夏大学，邵华在复旦大学，我们可以联系他们学校的学生会，让南京与上海高校互动，联手做些更大规模的宣传工作。”

齐国庆说：“这真是金点子，我觉得我们可以把这想法向黄永昌汇报一下，听听他的意见。”

黄永昌听了他们的汇报，隔两天就带信给他们，说，他把他们的想法向上级党组织做了报告，上级党组织完全同意这一做法。

一个星期日，王崇典去了建业大学。可让王崇典意想不到的是，他与刘真如的交谈很不融洽。刘真如见到王崇典，先是很高兴，说他前不久加入了国民党，为此他专门去东南大学找过王崇典，想问他是不是考虑一同加入，只可惜登门未遇，只碰到于一芝。接下来他细听了王崇典此番而来的目的，听完不由一声浩叹，咂着牙花说：“我一直很钦佩崇典兄的社会担当意识与组织策划才能，我在这方面与兄相比，实在是相距十万八千里。但我觉得目前的你我毕竟是一介学子，当以学业为重，宣传北伐呼吁革命我们可参与，但不能投入太多精力，以免冲击主业。我听于一芝说，你现在是校学生会的领导成员之一，每天很忙，经常组织各种各样的宣传活动，你的投入太多太多了，我不赞成。我觉得我们的心还是要沉静下来，守住自己的本业。我知道你学习能力超强，但真正要把每一门功课学好学扎实，是需要坐冷板凳的，我实在不愿把这黄金一般宝贵的时间作过多无谓的荒废。”

王崇典没想到相别不久刘真如的思想竟发生如此大的变化，心里不由失望，但他仍坚持陈述了自己的想法，希望他能理解接受，可刘真如一时哪听得进去，仍坚持自己的观点，并劝王崇典，少谈些主义，多做些学问，不要被政治搞昏了头脑。

观点相左，难以深谈，王崇典只得抱憾告辞，一路打听询问，直接去了校学生会。

经过王崇典、齐国庆、于一芝不断地奔走，东南大学学生会与南京数所高校的学生会取得了联系，共同策划了一整套宣传活动方案，为北伐战争与大革命的发展做了不少有利的工作。

其间，王崇典还同齐国庆、于一芝利用节假日赴上海，与大夏大学、复旦大学的学运领导人座谈交流，两地高校结为联盟，进行城市宣传互动，以求造就更大声势。

在上海期间，王崇典见到了留在大夏大学读书的陈访先、方治和在复旦的邵华。同乡相聚开心异常。交谈中得知，陈访先与方治对当下的政治形势都很关心，对国共合作的精神了解得十分透彻，他们都加入了国民党，参加党内活动十分频繁，陈访先在小组里是积极分子，还担任着一个什么职务。王崇典由衷地祝贺他们，并为他们积极向上的精神状态与奋发高昂的生活热情而高兴。在酒馆小酌，陈访先问王崇典："崇典兄近期还临帖吗？"

王崇典说："也临，但不能静心坐下来临。"

陈访先好奇："那怎么临？"

王崇典一笑："临睡时，当空悬画。"

陪同王崇典一同过来的于一芝对陈访先笑道："他在学校经常写标语，他说，写标语是让他过一把书法瘾。"转脸睨着王崇典问："那跟临帖有没有关系？"

王崇典笑道："怎么说呢，有点关系，但又关系不大。"

陈访先端起杯子跟王崇典手里的茶杯一碰："好样的！搞书法你肯定会成为一个大家，只可惜你分身无术，要做的事太多。"

齐国庆说："以后会有时间的，我们今天的忙碌与努力，是为了结束当下这种无比黑暗的社会局面，让世界走向和平，让人民大众过上幸福安康的日子。等到我们的目标达成，就完全可以放松下来，写写字，做些纯粹属于自己的事了。”

王崇典点点头：“是的，应该是这样。”

1926 年 10 月，鉴于皖北学生在南京读书人数较多的情况，为了加强联络，进一步做好大革命宣传工作，皖北学生团体特成立“皖北七县旅京学生会”①，王崇典被推选为会长。该会成立后，王崇典与皖北同学紧密联系，经常一同学习交流，积极宣传革命思想，在这些以乡谊为纽带的各类活动中，王崇典充分发挥了他的组织才能，体现了他的演讲魅力和办事魄力，使他在一大批皖北同学中形成了极高的威望。

转眼到了年底，各学科期终考试临近，科任老师不断在课堂上强调，本校为了严把教学质量关，自本学期始，各门学科的考试不再由科任老师出卷，一律改为不同年级老师交叉命题，所有考试成绩都将存入学生个人档案，不及格者将要承担复读甚至留级的风险。王崇典在学习上一向抓得很紧，每晚回到宿舍后总潜心钻研一番教材，阅读各类参考书籍，到了统一熄灯时间，点起之前准备好的蜡烛，一直攻读到子夜。在班上，他各门学科的成绩一向优秀，特别是对论述的解答，因其见解卓越，论证透彻，每每被老师拿到班上讲读。王崇典一向不怕考试，他觉得学习重在平时，临时抱佛脚，即使能考到不错的成绩，但掌握的知识不可能扎实，这令王崇典不屑。当然，这是进入东大的第一场大考，王崇典觉得还是要高度重视为妥，不可掉以轻心。基于这样的想法，他特别找了一趟于一芝对她做出提醒。于一芝见他一副正经八百的样子，噘嘴笑道：“不就是考试嘛，这么如临大敌，倒不像你的作风了。”

王崇典低声道：“我是想，这段时间星期天节假日你都跟着我们在外奔走，我怕你功课上有所耽误影响考试。”

---

① 皖北七县旅京学生会，七县指阜阳、涡阳、蒙城、亳县、太和、颍上、霍邱，“京”指南京。

于一芝低眉顺眼，声音柔柔地说："影响肯定多少有些影响，下面的日子沉下心来多下苦功呗。"

王崇典笑了："我想说的正是这个意思。时间紧，课程多，复习的量大，我觉得可以根据各门学科的特点以及自身掌握的情况做一个规划。"

于一芝两眼一眨不眨地盯着王崇典白皙俊气的脸，点点头。

日子过得飞快，期终考试终于结束，各学科的成绩先后出来了，王崇典总分在全年级名列前茅，其中经济学、逻辑学与伦理学位居全班第一。一天，于一芝去食堂吃饭，见布告栏前围着一群同学，心里好奇，跑过去看，原来布告栏上贴着"政治系期终最佳学生光荣榜"。她从中不经意地看到了王崇典的名字，高兴得双脚直跳，激动地想，崇典真是超强，他怎么做什么都比别人优秀呀。

学校放寒假了，王崇典想到假期里学生会应该搞些活动，来到物理系准备找齐国庆商量。教室里只有很少几个人，齐国庆不在。到宿舍找，也不在。他不会回家了吧？同宿舍的一位同学告诉他，齐国庆没有回家，听他讲，他今年不打算回去过年。

晚上王崇典又来找，碰到了。原来下午他接到黄永昌的通知去参加了一个会。王崇典问什么会。齐国庆说，下关码头工人一连两个月没领到工资，工人们都穷得揭不开锅了，这两天码头工会在跟老板谈判。下午的这个会黄永昌请了码头工会的几位代表，专门研究如何同资本家斗争。黄永昌指出，工会应该利用这一时机发展成员，扩大力量，争取自身利益。通知齐国庆参加会议的目的，是让他了解基层社会矛盾状态，同时可参与他们的斗争，帮助做一些宣传鼓动工作。

王崇典问："为什么不通知我？"

齐国庆说："我跟黄永昌说了你这话，他说你是有家有室的人，女儿那么小，出来这么长时间一直没有回家，这会放假了，又是大过年的，无论如何要让你回去一下，就没通知你。"

王崇典点点头，心里想，我只是偶尔跟黄永昌说过一点家里的情况，他居然全记在脑子里了，如今学校放假了，他竟然想到我，要我回家，他是多关心人多体贴人呀！ 共产党人是不是都跟他一样这么富有人情味呀?

经黄永昌提醒，王崇典真的想家了。 他清楚地记得，8 月份离家时对妻子做过许诺，此刻她一定在家盼了。 王崇典决定信守诺言，回家。

隔日，王崇典向齐国庆、于一芝及其他一些同学朋友打了个招呼，在下关火车站买了一张车票，踏上了回家的路。

第五章 深深地耕作

欢　聚

1927 年 2 月，王崇典光荣地加入了中国共产党。

那天，他跟齐国庆被黄永昌带到下关中共联络处，与他们一同过来的还有好几位入党积极分子。市委的一位领导给大家讲话，之后听黄永昌介绍了才知道，这位领导叫谢文锦①，是中共南京地委书记。入党要填表，要有入党介绍人，要举行宣誓仪式，这是王崇典所不知

① 谢文锦(1894—1927 年)，又名文近，字炯霞，浙江永嘉人。1921 年加入中国共产党。曾赴苏俄学习。1924 年回乡创建浙南地区最早的党组织——中共温州独立支部，后历任中共上海区委委员、南京地委书记等职。1927 年“四一二”反革命政变前夕，在南京惨遭国民党反动派杀害。

道的。黄永昌提出要做他的入党介绍人，问他是否愿意？王崇典愣怔着，怎么会不愿意呢？愿意呀。黄永昌不光做他的介绍人，而且做了齐国庆的介绍人。入党仪式很庄重很神圣，大家静静地聚在一间屋里。一面鲜红的党旗挂在墙上，一位王崇典不认识的老党员走到前面给大家领誓。王崇典发现，在党旗前举起拳头宣誓的不只是他与齐国庆，还有三位工人，两名学生。两名学生他都认识，一名是金陵大学的，一名是建业大学的，他们都是学生会干部，在前些日的北伐宣传活动中，与他们有过多次联系。入党宣誓结束后，谢文锦再一次向大家讲话，他指出，从今日起，在座的每一位都是中国共产党党员了，共产党员有着做人的最基本的要求，这就是，热爱人民，忘我工作，勇于斗争，不怕牺牲，严守党纪，保守秘密。接着他给大家明确了当前的工作任务及远程的努力目标。

会议结束回校的路上，王崇典与齐国庆步伐矫健，精神抖擞，内心都充满了无比的自豪与快乐。齐国庆脚步没有停，扭头望着王崇典笑道：“今天我看你脸上一直红光闪闪的。”

王崇典抬手摸摸脸，脸是烫的：“是吗？有些激动。”

齐国庆说：“我也是，心口有些扑通扑通的。”

王崇典说：“这一天是我新生活的开始，我应该永远记住！”

齐国庆攥着拳头往前一挥：“说得对，新生活的开始，从此我们都是组织上的人了！”

王崇典说：“那位姓谢的地委领导说的话很重要，从今以后，我们凡事都要先考虑组织，而不能只顾小我。”

“也就是要为党贡献力量，要有大无畏的自我牺牲精神！”

他们一路往东大的校门走，西天晚霞如火，即如他们滚烫的热血。

王崇典心情特别好。他知道，从今往后他的生活内容将有所改变，他将迈进一个新世界。他有些激动，一个人走上操场，在星光灿烂的夜空下走了许久。回到宿舍，心情仍然平静不下，他渴望与人说话，分享内心的喜悦。跟谁说呢？跟室友说，不妥。跟于一芝说，也不妥。回到宿舍，王崇典铺纸援笔，开始写信——

亲爱的淑贞：

你好吗？

返校三月余，没有及时给你写信，怪我了吧？每想到你一个人在家带着孩子，每天一大堆家务，稍有空闲还要做针线活，绣花，学认字，整天没有消停的时候，而我天天吃现成饭，坐在干净明亮的教室里读书，一点帮不上你忙，心里就有些不忍，觉得对不起你。

不过，你忙归忙，认字务必要坚持。在家里我跟你说过，女子无才便是德那是封建观点，十分错误。社会在发展，时代在进步，人要不断地往高处走，要努力成为有文化的新时代的新女性。我发现你很聪明，记性好，认字快，有学习的能力。崇礼做老师，跟我们住在一个院里，这是老天赐给你的学习便利。让崇礼每天给你写两个字，教你一下，这不难做到。此刻我想到了弟媳佩媛，她认识的字不多，也该学习，你们俩其实可以一起学。你把我的这一想法跟崇礼说，看他赞成不赞成。我想他会赞成的。两个人一起学有两大好处，一是不孤单，有个伴，二是互相比着，容易激发学习的劲头。你说说，这样是不是很好？

很想宝贝女儿。她会走了吧？会叫爸爸了吧？有没有变得调皮？这一次给我回信，上街拍一张你跟俊敏的合影寄给我，想你们时，我好拿出来看看。

崇礼他们还好吗？崇礼工作很认真，可能照应家里少。我们弟兄感情极深，我希望你跟佩媛处好关系。我感觉她是个很好的人，只是比你外向些，好说话，爱笑，不像你典雅含蓄。我觉得，你们的关系会处得很好的。我希望你们成为好姊妹，生活上多多相互照应，真正成为一家人。我虽不能跟你们在一起，但我时常想到你们。我爱你！我爱我们的家！

我一切都好，非常地好，每天学习，奔图书馆，上街办事，很快乐，很充实。

如今是春暖花开的三月，到暑假还有四个多月，四个月说长也不长。

让我们过好每一天，暑假回去再相聚！

代向弟弟弟媳问好！

崇典

1927年3月25日

家信洋洋洒洒一气呵成。第二天，王崇典上了一趟街，给妻子与弟媳各买了一方丝巾，给女儿买了一盒大白兔奶糖，随信一同寄了回去。

加入党组织后，王崇典开始接受党交给的各项任务。为了推动工人运动的发展，他与齐国庆在黄永昌的带领下，深入下关车站码头、各区工厂，弯腰钻进大小工棚，一直走到工人的家中，对工人们宣传团结就是力量，向他们阐明参加工会组织对捍卫自身权利的意义，为基层工会的建设做了大量的宣传发动工作。社会动荡，战争频仍，资本家盘剥加剧，南京失业工人不断增加，一大批城市家庭几近断炊。王崇典根据中共南京市委的统一布署，组织学生为民请愿，为广大失业的工人向政府要工作，要粮食，要救济，要补贴。王崇典还连夜写标语，次日由于一芝带着几名学生会的成员上街张贴，标语一直贴到交通要道口的岗亭上。

一天下午，王崇典正在教室上自习，有个同学敲敲他桌子说，有人找你。王崇典看书总是专心致志，找他的同学站在窗口半天了，他一点不知道。他抬起头，思想整个深潜在书里，懵懵怔怔一时转不过神，顺着同学的手指往窗口看去，不由惊愕，竟是王伯衡与魏季高。他立刻离开座位从后面开着的教室门出去，迎着走过来的王伯衡与魏季高兴奋道："没想到，是你们二位，太突然了。走走走，这里说话不方便，到我宿舍去。"

王崇典带着他们往宿舍走，一边走一边问他们怎么找来的。王伯衡说："问呀，假期里你不是到我家去过吗？临走你告诉了我爸妈你在东大，他们记在脑子里了，我和魏季高就找来了。"

王崇典说："我们还是前年 2 月在一起的，当时你们从学校带回许多新书新刊。之后你们接连两个暑假没回家，先是因为升学考试，之后可能是参加学校的暑期活动，我回到涡阳想找你们聚聚，都没有碰到。"

魏季高说："我们听说你寒假回到了涡阳，但当我们去看你时，你却走了。"

王崇典解释："我是在我岳父家过的年，年一过，一大家子就去芜湖看望我父亲去了，来去匆匆。古人云，人生不相见，动如参与商，大概就是这情形。没想到今天我们在南京相会了。"

王伯衡说："我们现在也在南京读书。"

王崇典说："我知道，五卅中学。"

进了宿舍，王崇典想给他们倒水喝，但只有一只杯子，就把饭盆当杯子用了。三人在床边上坐着聊天，王崇典听王伯衡讲，他与魏季高都已加入了中国共产党，高兴道："这真是太好了，从而往后，我们不仅是同乡好友，而且是志同道合。"

"对，志同道合！"王伯衡与魏季高兴奋地附和。

王崇典问到他们二人近况，王伯衡说："北伐战争开始后，南京一度很乱，学校放了假，我们回了涡阳。"

魏季高补充："是党组织要我们回乡的，回去有任务，发展新党员，建立党组织。"

王崇典挺感兴趣："成果怎样？"

王伯衡说："我们回涡阳共发展了五名党员，成立了中共涡阳党支部，书记是魏季高，我是宣传委员，还有一位叫王汉光的，你不认识，任组织委员。"

王崇典向他们竖起大拇指："你们做了一项极其重要的工作，使涡阳有了自己的党支部，真不简单呀。"

魏季高说："在涡阳，我们接受宿县党委领导，所有的工作都是根据党委的要求在做。"

王崇典问：“你刚才说，学校早就放假了，你们这会怎么又回来了？”

王伯衡说：“这会形势安定下来一些，学校通知我们返校上课，我们就回来了。”

三人正说着话，宿舍门口一暗，于一芝进来了。王崇典给他们做了介绍，从另外一位室友的书桌前拖出一张椅子给于一芝坐。于一芝在椅上坐下，不声不响地听他们说话。

王伯衡与魏委高望望于一芝，说话声音降低了一些，王崇典重新拾起刚才的话题说：“你们二位，一个是党支部书记，一个是宣传委员，都离开涡阳了，那边的工作岂不是要受到影响？”

魏季高说：“影响肯定是有的，但我们虽然人到了南京，其实跟涡阳始终保持着联系。对了，我们目前遇到一个困难，不知道你能不能给我们一些帮助？”

王崇典问：“什么事？”

王伯衡说：“是这样。刚才不是告诉过你吗，我是涡阳支部的宣传委员，在涡阳时，我负责编了一本叫《涡阳青年》的刊物，主要宣传社会主义思想和共产党的革命宗旨，在涡阳广为散发，受到了很多人的欢迎。但苦于人手少，经费紧张，最终不得不停刊了，很可惜。临离涡阳前，我与魏季高又编了一份关于当前形势的宣传材料，薄薄的，只有十几页，本想在我们离开前印刷出来供涡阳党员学习使用的，不巧得很，涡阳仅有的一家印刷所因机器设备出现故障，无法印刷，我们只好把准备付印的材料带过来了。南京这边不知道你有没有搞印刷的熟人，我们想把这份宣传材料印出来寄回去。”

王崇典说：“这件事应该不难解决，经费不足我们一起凑，印刷所南京这边有的是，找不到熟人同样可以印。”

于一芝望着王崇典说：“我们学校就有印刷所，我们可以去问问。”

王崇典点头道：“对，可以问问，跟他们多少还有些熟悉。”

于一芝说："这事交给我办吧，我们班有两个同学在印刷所勤工俭学，我跟他们一同去。"

三个人又聊了一些家乡的近况，时间已近黄昏，夕阳的红光映照得宿舍的玻璃窗像一团火在燃烧。王崇典说："到吃饭时间了，请二位去食堂尝尝我们家乡的口味如何？"

王伯衡对魏季高笑道："我是很想，你呢？"

魏季高跟着笑："我听你的。"

于一芝对王崇典说："干吗要到学校餐厅，到外面嘛，我来做东，算是我第一次拜见二位之礼。"

王崇典对王伯衡和魏季高说："分别日久，难得相聚，理当找个小酒馆，但我觉得，我们都是穷学生，吃上不宜讲究。眼下做什么事都需要花钱，就比如说这印刷宣传材料，印刷费是要提前准备的，所以就想马虎一下了。"

王伯衡与魏季高立刻响应："对，不必讲究，就到学校餐厅。"

王崇典说："不过，你们为编写宣传材料已出了很大力，印刷上的事就全交给我们吧。"王崇典说后一句话时转脸望了于一芝一眼，于一芝立刻会意地点头，"这也算是给我一个机会，让我出一把力，为家乡的党组织做一点贡献。"

四人立刻去了学校餐厅。

于一芝做事倒也麻利，第二天就跟班上同学去校印刷所做了咨询，原来学校印刷所只印刷学校资料，对外不承揽业务。于一芝与她的同学做出请求，对方最终勉强答应，只是强调，印刷费不能打折扣，一切要按规章办理。于一芝十分高兴，心想，能给印就是胜利，付费就付费吧，家里每个月给我的钱多得用不完，大不了拿一些出来得了，就高高兴兴地去找王崇典，向他报喜。

王崇典在王伯衡、魏季高走后，对印刷的事做了思考，此刻听于一芝一说，立刻向她打招呼："对不起，怪我没有提前向你做说明，让你白忙乎了一阵。我想了想，我们这是印政治宣传材料，不是一般的东西，要慎重，不宜随便拿到什么地方印。”

于一芝眨巴着眼，觉得王崇典讲得有道理，问：“那拿到哪里印？”

王崇典说：“今天中午我找齐国庆商量过了，我们决定先向党组织做个报告，听听他们的意见。”

于一芝拿眼睨着王崇典，娇娇地笑道：“这么一件事，居然考虑得这么周到细致，我真服你了。也难怪，你是党员，我是小小老百姓呀。”

隔了不两天，黄永昌顺便过来找王崇典，告诉他，组织上做了安排，宣传材料可送到南京下关附近的一家印刷所印。

王崇典问：“这家印刷所肯定安全？”

黄永昌说：“肯定安全，它是专给我们党内印刷各种文件材料的，直接受中共南京市委控制。”

印刷的厂家一落实，王崇典就去南京五卅中学找王伯衡与魏季高拿材料。王伯衡见王崇典亲自跑来，很不过意，连说感谢。王崇典微笑道，说感谢见外了，我们都是为了同一个目标，在为党工作做事。接着向他说明不放在学校印刷所印的原因，以及最终选择了党组织控制的下关印刷所。王伯衡听完王崇典的说明，不由对他做事的严谨与认真由衷钦佩。

因为印刷的事，王伯衡与魏季高经王崇典介绍认识了齐国庆与黄永昌。都是共产党人，都在党的怀抱，都在接受党组织的工作安排并努力在为党和人民做事，几个人经常碰头聚会，于一芝时不时也加入进来，大家一同谈社会，谈形势，谈理想，分析问题，商量事情，心与心贴得很近，温暖，融洽，亢奋。

过了两天，宣传材料印出来了，于一芝主动请缨，寄出的这点小事就交给她吧，向王崇典要了地址，利用中午休息的时间跑了一趟邮局，把一大包散发着浓浓的油墨香的宣传材料寄往了涡阳。

1927 年 3 月的一天，黄永昌带王崇典去见中共南京地委书记谢文锦。谢书记与他进行了交谈，告诉他，从今日起，由他担任南京中央大学[①]党支部书记。王崇典十分意外，对谢文锦书记说："我才入学不久，怕是不行吧？"

谢文锦书记微笑着望住他："你行，黄永昌向我介绍了你，我在上海碰到孙津川同志，他也说到过你的情况。中央大学是我们党组织的重点工作区域，那边的几位党员同志工作得都挺不错，让谁担任书记的事，我们已派人到那边征求过意见，大家都在推荐你，因此，中大的书记就由你担任吧。"

王崇典任中央大学党支部书记后，首先组织中大党员选举产生支部委员，最终由齐国庆任组织委员，建筑系的孙文忠任宣传委员。支部建立后，王崇典牢记谢文锦书记的话，始终以发现人才，培养新生力量，努力向党组织输送新鲜血液为己任。王崇典看到于一芝长期以来工作热情高，入党意愿强烈，是一名很好的培养发展对象，就主动找她谈心，向她讲说党的纲领、党的目标、党的工作要求与纪律。

于一芝听得很认真，不时停下脚步望住王崇典说："我知道我很幼稚，做不好的地方你要告诉我，帮助我。"

王崇典说："你做得很好，只是以后做事情再细心一些，踏实一些。"

于一芝点点头。

"我没有想到，你居然也是能吃苦的，跟我们一起上街贴标语，拎那么重的糨糊桶。当然，有时还有一些娇气。"

于一芝噘噘嘴："我已经注意了呀。"

王崇典说："共产党人，是不能娇惯自己的。"

于一芝点点头。

王崇典说："你会越来越好的，我们一起努力。"

于一芝向王崇典挥挥粉拳："努力，一定！"

---

① 1928年2月，原东南大学更名为中央大学。

在刀光剑影中

转眼进入4月。

4月本是一个花红柳绿春意盎然的月份，这个月应该比其他任何一个月份都多一些情意，多一些浪漫，多一些快乐与甜蜜。可是1927年的4月不是这样，它是中国当代史上最黑暗的月份，最血腥的月份，最灾难的月份。

因为在这个月，震惊中国乃至世界的“四一二”反革命政变发生了。

1927年4月12日，以蒋介石为首的国民党新右派窃取了北伐战争的胜利果实，置孙中山“联俄、联共、扶助农工”的三大政策于不顾，在上海悍然发动了反革命政变，挥起屠刀，对共产党员、国民党左派及革命群众大肆屠杀。事变中，上海共产党员和革命群众被杀三百多人，被捕五千多人。4月15日，广州国民党右翼势力遥相响应，相继发动反革命政变，当日抓捕共产党员和革命群众两千多人，封闭工会和团体两百多个。江苏、浙江、安徽、福建、广西等省，以“清党”的名义对共产党员和革命群众不断搜捕。4月28日，李大钊和其他十九名革命者被杀害。“四一二”反革命政变使中国的大革命受到严重摧残，是大革命从胜利走向失败的转折点，同时也宣告了国共两党第一次合作的失败。

以蒋介石为核心的国民党右翼反动势力，早在4月9日就在南京动起了手。9日，蒋介石在由上海抵达南京的当天，趁国民党江苏省、南京市党部负责人在公共体育场召开会议之际，密令青帮头目、特务陈葆元和国民党右派达剑峰率百余流氓打手，持凶器捣毁了国民党江苏省及南京市党部，将文件财物抢劫一空，拘捕了四十余人。

这天晚上，王崇典上完晚自修夹着一本书正准备回宿舍，下楼走到楼梯口拐弯处，突然发现黄永昌出现在面前。黄永昌一向是个忙人，没特别的事不会到学校来，尤其这一会是晚上，时间已过九点。王崇典心里觉得奇怪，问他有什么事。黄永昌环顾左右而不语，脸色阴郁凝重，这让王崇典越发感到事态严重。黄永昌低声说："这里不方便，我们找一个僻静的地方说话。"

王崇典立刻带黄永昌走向操场旁边的树林。

进入林中，四顾无人，黄永昌停下脚步说："学校这边相对比较安静，你不知道，今天下午城里出大事了，蒋介石来到南京后，立刻安排他的党羽亲信，对省、市党部进行了搜捕，动作很大，被捕的人中有不少是共产党员。"

王崇典眼瞪着，如入五里雾中，省党部与市党部都是国民党的党部，蒋介石怎么突然对它们下手？

黄永昌将下午在公共体育场发生的抓捕事件向王崇典细细地做了讲述，接着说："针对这一突发情况，今天傍晚中共南京市委召开了紧急会议，会上谢文锦书记给大家做了形势分析，指出，国民党内部已分裂成两派，一派为国民党左派，他们继续奉行孙中山亲自制定的三大政策，一派为国民党右派。这一派以蒋介石为核心，代表着民族资产阶级的利益，是一股右翼势力。这一股势力，一直对国民党中的左翼人员进行排斥，对共产党人心存戒备，是一股反动势力。"

王崇典愤然道："蒋介石这么做，岂不是从根本上违背了孙中山制定的三大政策？"

黄永昌说："是的，这完全是不得人心的，所以我们共产党人要行动起来，率领人民谴责他，揭露他，对他捣毁省、市党部的暴行进行抗议与批判。"

黄永昌接着告诉王崇典，10日，也就是明天，将在南京公共体育场召开万人大会，对蒋介石的反革命暴行进行谴责，并强烈呼吁肃清国民党内部的反革命分子。上级党组织要求中大党支部组织人员参加。

与黄永昌分手后，王崇典立刻行动，当晚就找到齐国庆与孙文忠，三人分头联系了学生会的一大批成员，于次日早饭后出发，一支一百多人的队伍在九点之前赶到了会场。

会议由市党部刘少猷担任主席，市总工会纠察队维持秩序。刘少猷与侯绍裘等相继发表演说，谴责蒋介石的反革命暴行，要求严惩凶手，保护集会自由，保护工人运动。会议结束进行游行示威。可是当队伍走到政府楼前请愿时，却遭到了数百名手持棍棒等凶器的流氓的追打，人群中不时有人被打伤，甚至倒在血泊之中。一直带领大家高呼口号的孙文忠脸上挨了一棍，鼻子不住流血。此时，游行队伍大乱，组织领导者发出呼喊，要求大家立刻疏散撤退。王崇典见形势不妙，带领队伍撤离大街，钻小巷回到了学校。

4 月 13 日下午，黄永昌又一次来到中央大学，他将正在上自修的王崇典叫出教室。王崇典见他神色严峻，知道又有了不好的情况，立刻与他来到宿舍楼东头的小树林。黄永昌没等王崇典发问就脱口而出："出大事了，蒋介石在上海对共产党公开翻脸了，到处抓人杀人。南京地委书记谢文锦被捕了！好几位领导一同被抓了！"

王崇典大惊。

原来 10 日南京万人示威游行受到镇压后，地委、市委与市总工会在大纱帽巷 10 号召开了负责人紧急会议，着重研究应变措施、反蒋宣传等问题，结果会场遭到五十多个便衣武装人员的包围，除刘少猷越墙脱险外，参加会议的其他十人全部落入敌手。

王崇典立刻意识到事态的严重，声音低沉地问："没想到，形势突然发生如此的逆转，本来站在统一战线上，如今一下完全成了敌手。这形势岂不是发生了根本改变？"

"对，正是这样，所以市委要求全体党员要迅速清醒地看到这种形势的变化，以便做好应对。"

"应对，如何应对？"

黄永昌说："当下我们要做好三项工作，第一项，尽快把国民党内部分裂，蒋介石背叛革命、置孙中山制定的三大政策于不顾的罪行告知大家；第二项，要切实做好安全保卫工作，密切注意形势发展，努力避免党的损失，切切不可盲目行动；第三项，等待，等待党的指示精神，时刻做好战斗准备。你是这里的支部书记，你要把上述三点传达给中大的各个党员。”

王崇典说：“请放心，我会立刻去做。”

与黄永昌分手后，王崇典立刻去找齐国庆。路上见一报亭，他买了一份当天的报纸一边走一边匆匆翻阅，在时政要闻栏赫然看到一大标题——“国共合作彻底瓦解，北伐军总蒋介石实行‘清党’”，报纸满版都是对“四一二”反革命政变的报道。

到物理系三年级教室，齐国庆不在，教室里稀稀拉拉的只有很少几个人。这时间正是学生晚餐前一段自由支配的时间，有人上了运动场，有人去了资料室，有人回了宿舍。宿舍都要回，因为各人的饭盆都放在里面，用餐时需要取用。王崇典来到齐国庆宿舍。门开着，齐国庆不在，他的室友告诉王崇典，他下午上课时在的，但课后没跟他们一同回宿舍。王崇典想等一等，说，他总要回来取饭盆的。室友说，他回来的可能性不大，因为为了节省时间，他把饭盆寄存在餐厅了。

无可奈何，只好回返。王崇典准备先去建筑系找一下孙文忠，可看到走道上尽是拿着饭盆去餐厅的人，心想，这一刻到宿舍找孙文忠，碰到的可能性极小，倒不如先回宿舍拿饭盆吃饭，晚饭后再去找他们二位。

没想到，王崇典走上自己的宿舍楼，竟碰到了齐国庆。齐国庆步履匆匆地正往下走，一见王崇典，扬声道：“天呀，你上哪啦？找你好难呀！”

王崇典说：“这巧了，我也正在找你。快说，什么事？”

齐国庆将手里的一张报纸哗啦啦打开：“你看看，看看，这是什么！”报纸送到王崇典面前，手指点着上面一条黑色粗大的标题：“看看！细看看！”情绪十分激动。

王崇典接过报纸，齐国庆所指的正是刚才他看到的那篇文章。很显然齐国庆对当前严峻的形势已有所了解。王崇典告诉他，找他正是为的蒋介石悍然发动“四一二”反革命政变的事，接着便把黄永昌带来的中共南京市委的指示精神向齐国庆做了传达。

齐国庆攥着拳道：“谢书记真的被他们抓了？”

“肯定是真的。”

齐国庆一挥拳：“妈的，这真是太令人愤怒了，竟然对共产党挥起屠刀！”

王崇典说：“蒋介石有巨大的政治阴谋。”

齐国庆讥诮道：“一个大骗子，他口口声声说是孙中山的学生，却干出背信弃义的事，实在令人发指！”

王崇典说：“确实令人发指，我想我们每个党员得知这一消息后，都会有同样的感受。不过，当前形势下，我们还是要稳定情绪，着手我们的工作。”

齐国庆很佩服王崇典的沉着理性，强迫自己冷静下来道：“你说得对，你是书记，你吩咐吧。”

王崇典说：“你和孙文忠是支部委员，我想我们三人先碰一下，共同商量出一个方案，然后行动。”

齐国庆说：“走吧，这就去找孙文忠。”

王崇典犹豫了一下：“不，马上过饭点了，我们赶紧去餐厅吃饭，吃过饭再去找孙文忠。”

晚饭后，王崇典与齐国庆立刻来到建筑系，从灯光明亮的自修室里将孙文忠叫出，三人一同进入图书馆旁小花园。小花园里有长条椅，有石凳，树影婆娑，十分安静。王崇典先将中共南京市委的精神对孙文忠做了传达，接着三人就当前形势下中大党支部所要开展的工作进行了商量。

齐国庆说：“我觉得我们当前的首要工作，是召集中大全体党员开一个会，通报当前情况。”

孙文忠说：“我很赞成开个会，不然大家不知道当前形势的改变。这个会不仅要开，而且要尽快开，要把问题的严重性讲给大家听。”

王崇典两眼瞪着树头上亮亮的弯月，沉思了片刻说：“召集全体党员开个会确实有必要，但我觉得这个会可能开不得，不能开。为什么？因为天变了，形势发生了逆转，蒋介石撕破了脸公然对共产党举起了屠刀，现在的形势是严重的白色恐怖。我们可别忘了黄永昌给我们传达的市委精神第二条，就是要求我们切实做好安全保卫工作。所谓安全保卫工作，说得直白一点，就是认清形势，不要盲目地往敌人的枪口上撞。市委的这一指示精神我们要执行。因此，出于安全考虑，我觉得我们不宜采用开大会的形式，我们应该一对一地转达。中大党员的人数不超过十个，我们做个分工，明天一天就可以完成。”

孙文忠对着王崇典点头道：“你说得有道理，一对一比较隐秘。”

王崇典问齐国庆：“你看呢？”

齐国庆一直没有坐，一片黑黑的树影正好落在他长长的脸上，淡淡的星月之光一映衬，如同雕塑。他挥动着手臂说：“安全肯定要考虑，我完全赞成。”接着又愤愤然道：“北伐都取得了胜利，大革命的形势多好，突然来了这么一下子，这真是历史的大倒退呀！我说了你们信不信，他蒋介石从此要被钉上历史的耻辱柱！成为千古罪人！我们当下要做什么？我们要口诛笔伐，炮打火烧，不遗余力地揭露和鞭挞蒋介石背叛革命的罪行！”

与齐国庆相处了一段时间，王崇典知道他属于性格外向、情绪偏激的那种类型，待他情绪抒发完，对他说：“你讲得很对，我们要揭露与鞭挞蒋介石背叛革命、杀害革命者的罪行，只是我们如何揭露与鞭挞，也就是采用什么样的方式方法，是贴标语、做演讲，还是组织队伍上街游行？这是我们要慎重考虑的。”

齐国庆说：“目前是新形势新情况，照搬过去的做法，百分之百不妥。”

孙文忠的眼镜上跳跃着一点星光，接着齐国庆的话头说：“确实不妥，直接上街演讲游行，无疑是往枪口上撞，与上级的指示精神不符。”

王崇典倚靠在椅背上，望着树影下他们俩有些模糊的脸说：“当前这种特殊的形势下，我们不能走到前台，我们只能选择采用隐秘的方式发出我们的声音。”

齐国庆脱口而出：“晚上贴标语！”

孙文忠说：“还可以选择一些适合的场所散发传单。”

王崇典以手击掌：“对，这是很好的方式，贴标语可以放在晚上甚至夜里，散传单灵活机动，完全可以不暴露自己的身份，都没有多少风险。我觉得这两条可以先做起来。与此同时，我们要观察形势的发展，等待上级的指示精神。总之不可冒险盲动。”

三人形成了共识，接下来进行分工，中大九名党员，除去他们三人还剩六个，一人包两个。标语传单需要确定内容，写什么，对敌人的揭露与鞭挞该如何措辞，怎样才符合党的精神，这些由王崇典拟个初稿，向上级请示通过后，再由王崇典发挥书法艺术进行书写。油印与散发由齐国庆与孙文忠分头负责。

第二天，他们就把市委的指示精神传达给了中大支部的其他六名党员。标语传单拟定了初稿，王崇典去找黄永昌请他把关。黄永昌有两个住处，一处是下关区的码头工人宿舍，这是他常住的地方，另一处是成贤街的一家南北客栈。王崇典去了他常住的下关区码头工人宿舍，未遇。与黄永昌宿舍相邻的一位码头工人告诉王崇典，老黄已两晚没有回来了。

不在下关，应该是在成贤街了。可是成贤街那家客栈王崇典不认识。齐国庆跟黄永昌打交道多，那家客栈他去过不止一次，王崇典于是回来找齐国庆，请他跑一趟。

齐国庆当晚去了成贤街，结果仍然未遇。

第二天王崇典得知结果后，觉得情况不妙，担心是不是出事。齐国庆说：“我觉得我们今晚再分头行动一下，你去下关码头，我去成贤街，很可能会碰到。”

王崇典觉得可行，晚饭后两个人出发。可是王崇典赶到下关码头仍然扑了个空，回来绕道物理系，想看看齐国庆的结果，发现齐国庆未归。王崇典在宿舍楼下转了半天，不见齐国庆回来，此时已经很迟，所有的宿舍都已统一关灯，只得回头，准备第二天再说。

王崇典回宿舍洗漱了才睡下，外面有人敲门。王崇典的第一反应是，齐国庆找他来了。他一个翻身坐起，披衣开门，果然是齐国庆。齐国庆这么迟赶过来肯定有情况，他回手把门轻轻合上，跟齐国庆出来。

“见到黄永昌了？”王崇典急切地问。

“很糟糕，出大事了！”齐国庆微微有些气喘道。

“别急，怎么回事，慢慢说。”王崇典努力控制着情绪。

“谢文锦书记被敌人杀害了！”

“啊？消息可靠？”王崇典心跳急骤加快。

“绝对可靠，就在大前天。”

“是黄永昌告诉你的？”

“我在成贤街的那家客栈没找到他，客栈老板与我有些面熟，见我心情迫切，接连两晚过来找他，猜到了我的身份，给了我一个地址，要我去找一个人。此人姓赵，是一家书店的老板。我按照他提供的地址，七拐八绕转了好几条街，最后在一家书店里见到赵老板。赵老板将我带到一间光线暗弱的斗室，就在这间斗室里，我见到了黄永昌。他告诉我，谢书记已被杀害，南京国民党右翼反动势力正进一步加紧对共产党的抓捕，他黄永昌的名字也在敌人将要抓捕的名单之中，成贤街与下关他根本就回不去了。”

“原来如此。他对我们有什么指示？”王崇典急切地问。

齐国庆说：“他讲了很多，但我归纳了一下，主要精神十二个字，注意隐蔽，不落敌手，避免盲动。”

“我们贴标语、散传单的计划还能实施吗？”

“不能实施。”

“如果我们是在夜里把它贴到街上，散发到车站，也不行吗？”

齐国庆摇摇头：“我没有问得这么具体，他只是讲了一些原则精神。”

王崇典点点头：“明白了，明天我们要把这一情况告诉孙文忠。”

王崇典所领导的中大党支部不愿束手等待，他们冒着风险，连续几晚披星戴月走进南京的闹市区与政府机关所在地，寻找灯光暗弱处，将一张张揭露蒋介石反动罪行的标语贴到墙上。于一芝要参加他们的行动，王崇典考虑到来回奔走的辛苦，尤其此行具有不小的危险性，不同意她去。于一芝不高兴了，对齐国庆说：“他跟我说，想加入党组织要多吃苦，要经受得起考验，可到了关键时刻，却又不给我机会，你说说，他对吗？”嗔怪地白了王崇典一眼，转而又对齐国庆说：“他不带我你带我，我帮你们拎拎糨糊桶，刷刷糨糊好吗？上一次我帮你们做过，做得挺好的！”

齐国庆笑道：“糨糊桶有些沉，不能让你拎呀，你背个包，帮我们装着标语就行了。”转脸对王崇典说：“让她跟着去吧，没事的。”

接下来，坏消息不断传来。最先说是黄永昌被捕了，设在下关的中共的联络站被破坏了。接着又传来消息说，之前落入敌人之手的中共南京地委书记谢文锦，因拒不屈服，被敌人杀害了。再接下来又说，牺牲的不仅是谢文锦一人，同他一起被捕的其他九位都被杀害了。隔了一天，又有消息传来，中共的两个交通站被破坏，黄永昌和两名交通员被捕了。希望仅仅是被捕，尚未遭到敌人的毒手。但令人心悬的是，这一连几天一直不见黄永昌那熟悉的身影。接下来几天，人们又从报纸上看到一个重大血腥消息：4 月 28 日，李大钊等一批革命者被杀害。南京城里国民党右翼反动势力一天比一天加重实施高压，南京整个的中共党组织遭到破坏，便衣暗探不断增加，警笛声时不时划破宁静的夜空，许多共产党员落入敌手，白色恐怖日趋严重。王崇典所领导的中大支部随之调整策略，停止贴标语散传单等所有活动，将安全保卫工作上升到首要地位。这天，他利用上课时宿舍无人的机会，正准备将收藏在箱里的一些文件销毁掉，齐国庆突然闯进。王崇典吃一惊，脱口问道："你怎么也逃课了？"

齐国庆一脸惊恐地对王崇典说："你知道吗？ 孙文忠失踪了！"

王崇典一惊："失踪？ 不知道，快说说，怎么回事？"

"我是到建筑系办事，从孙文忠宿舍旁经过，想顺便去看看他，没想到，他的室友告诉我，说孙文忠昨晚一夜没回来。我问他去了哪？室友说，不知道，只看到昨天有几个神色怪异的人进入建筑系，找过他。"

王崇典瞪大眼："神色怪异的人，什么人？"

"不知道，我就怀疑是国民党反动派的便衣。"

"来抓人？"

"应该是。 之后孙文忠就不见了。"

情况很快得到证实，孙文忠在这之后一连几天没回到宿舍，班上同学没有一个知道他的去向。再接下来，齐国庆所说的那些神色怪异的便衣，不仅出现在建筑学院，文学院、法学院、理工学院都出现了，他们一个个目光如鹰隼，给人以毛骨悚然之感。很显然，中央大学已进入国民党右翼反动派的监控范围。 鉴于这种特殊的形势，王崇典立刻找到齐国庆，对他说："我们要分别找中大支部的几位党员谈谈心，给他们提个醒，目前务必要以安全为重，切勿暴露自己的身份。 同时要控制好内心的情绪，耐心等待与党组织取得联系。"

齐国庆一脸不悦地说："这种形势能让人不焦躁吗？ 物理系有一名党员回老家了，说是生病回去休养一段日子，很显然这是个幌子，实质上是害怕被抓躲起来了。"

王崇典无语以对，陷入沉思。

于一芝看出了王崇典内心的焦虑，经常过来陪他。 她很担心王崇典的安全，要他所有的事都暂且放下，不要再抛头露面了，实在不做不行的事，就交给她去做，她一个女生不会引人注意。 到后来，看到中大校园里出现了便衣，于一芝吓得脸蛋刷白，求王崇典："你就回涡阳一段日子好不好？ 我嫂子在家盼着你，还有俊敏，你不是做梦都想把她抱到怀里亲一亲吗？ 我求求你了，就请个病假回一下涡阳，避开这个风头吧，好吗？”

王崇典久久地望着于一芝，幽幽道：“我是中大支部书记，你说我能离开吗？”

于一芝眼泪快要下来了：“我怕……要是他们抓你……”

王崇典微笑道：“我会小心的，放心。”

橄榄枝

“四一二”反革命大屠杀使南京中共机关蒙受巨大损失，许多党员或被捕，或被杀，或下落不明，中大先后有三名党员失踪，安危不知。面对如此恶劣的形势，王伯衡与魏季高匆匆来找王崇典商量对策。 谈到五卅中学那边的情况，原来也与中大一样，时有一些不明身份的便衣在校园出没，形势十分紧张。 非常时期，不宜相聚交谈过久，几人彼此叮嘱了一番务必小心谨慎、切切注意安全之类的话后，就匆匆而别了。

王崇典与齐国庆一时间四顾茫然，身陷孤岛，如对茫茫的暗夜。直到 4 月末，夜空中终于闪现出一道亮光。 一天夜里，齐国庆来敲王崇典的宿舍门，敲门声短而急促，并且伴随着低沉而急切的呼唤。 王崇典连忙起身开门。 齐国庆拖着他直往楼下走，进入空旷黑暗处，忍不住激动道：“终于找到了，找到了！”

王崇典懵住了，问：“找到什么啦？”

“党组织！”

原来这几天王崇典与齐国庆如热锅上的蚂蚁，一直在到处寻找党组织的线索，齐国庆今天终于在成贤街的一家南北客栈与一位隐身在此的共产党交通员取得了联系。 这位交通员姓李，叫李春，对外做南货生意，实际上在秘密从事党的恢复重建工作。 他确定了齐国庆的身份后，答应将中大支部的近况向上级党组织汇报，并约定次日带齐国庆与王崇典去党的秘密联络站见党的临时负责人。 王崇典听到这一喜讯，高兴得一夜没睡好，第二天就随齐国庆去见李春。李春带他们去玄武湖边一座空荡荡的木楼与一位很瘦很黑的人见面。特殊时期出于安全考虑，李春仅仅告诉他们，他是党组织的临时负责人，没有介绍他的姓名。很瘦很黑的人询问了他们一些情况，对他们临危不惧、坚持斗争的精神给予了高度赞扬，告诉他们，当前形势已往好的方向发展，国民党右翼反动势力破坏大革命的罪行得到了充分揭露，全国人民越来越看清了蒋介石的真实面目，中共中央正在研究当前对策，新的指示精神不久将会下达。当下党员同志的主要工作任务是：寻找失散人员，迅速恢复党组织，加强党的队伍建设。

王崇典与齐国庆回到中大，立刻寻找失散党员。让王崇典意外和惊喜的是，孙文忠回来了。原来，“四一二”之后那段日子，便衣特务首先进入了中大建筑系，孙文忠不止一次被盯梢，回到宿舍，发现行李箱被打开，东西翻检得一塌糊涂。迫于无奈，孙文忠只得离校躲避了一段日子。王崇典与齐国庆都为他的虎口脱险而庆幸，同时向他讲述了当前形势，告诉他支部目前首要的任务是哪些。三人于是进行了分工。

在接下来的日子里，王崇典、齐国庆、孙文忠三人分别设法与中大的一个个失踪的党员取得联系，为了找到他们，有时甚至赶到异地他们的家中，给他们吹风鼓劲，重新点燃斗争的热情。王崇典还根据临时区委的布置安排，不止一次地奔赴在沪宁线上，为寻找党组织成员，恢复党的力量，大力开展工作。

到了 6 月，天气渐渐暖热，花木葳蕤灿烂起来。一天晚饭前，于一芝在男生宿舍前的路上堵住王崇典，微微娇喘道：“这几天你到哪去啦？总看不到你身影。”

王崇典问：“咋啦？”

“这，你看看。”于一芝将衣袋里掏出的一封信递到王崇典手上，“前天我在收发室看到，代你取了，想交给你，跑了好几趟，总找不到你。”

王崇典接过信："对不起。这几天我来来回回跑了两趟上海，实在是太忙了，没有办法。"

于一芝嗔怪道："一个人本事再大也只有两只手，人家想帮帮你，你又硬是不要！"

王崇典脸上有些尴尬，望着于一芝解释道："你误会了，能做的事会叫上你的，只是有的事你真的帮不了。"

于一芝的目光与王崇典对上了，声音柔柔地道："我没怪你的意思。信是陈访先从安庆寄过来的，你看看吧。"

陈访先不是在上海吗，怎么到了安庆？王崇典心生奇怪，将信拆开。

崇典学兄：

近况可好？沪上一别，又已数月，所谓一日不见如三秋也，古人说的正是我的心境，很想念兄呀。

你是忙人，悬想兄之近日生活，一定跟往日一样，激情澎湃，四处奔走，永远忙得不亦乐乎，这是一种饱满充实的人生，佩服兄呀。

今投书足下，想念阁下是一方面，更主要的是有一要事与兄相商，渴望阁下给予思考决断。我也是乱忙，没有及时向兄汇报。在大夏的学业我已提前结束，目前在安徽省国民党党部供职，不仅我，刘真如、方治、邵华，我们大夏的四个同乡学友，都在安徽省党部有专职或兼职。近期这里正组建班子，需要人才，我们就相约过来了。它是我们安徽的党政机关，新建伊始，发展机会很大，待遇好，薪水高，我们过来后都觉得挺不错。相聚在一起，屡屡谈到兄，都一致觉得兄思维敏捷，能言善辩，长于沟通交流，说话带有鼓动力，特别是富有组织才干，是个大才，极适合到这里的党部机关一展才华。我受诸位同乡学友之托给你写这封信，觉得这是极好的机会，望兄认真思考，予以珍惜，千万不要坐失良机。尤其在下我，特盼望兄过来。你我同爱书法，心气相近，公务之暇，可经常杯酒小酌，切磋书法，交流心得，岂不人生一大快事？

切切紧要！

盼回复。

即颂

大顺！

陈访先

民国二十八年五月二十二日

于一芝一直望着王崇典，待他看完，问："他跟你说什么？"

王崇典说："他做官了，要我也到那里做官。"

于一芝不解："他在哪儿？ 做什么官？"

王崇典把信递给她，于一芝看完，瞪大眼问："你去吗？"

王崇典含笑道："你说呢？"

于一芝眨巴着眼说："他们都加入了国民党，身份跟你不同，我估计你不会去。"

王崇典赞许地点头。

6 月的一个星期天，王崇典与齐国庆去下关参加一个会，会议结束回来，竟发现刘真如与方治坐在他宿舍的铺上。

"天呀，这是不是做梦呀，二位怎么突然从天上掉下来的？"王崇典喜出望外，上前一把拉起他们的手使劲摇着。

刘真如笑道："想你了呀，这就过来了，不像你，把我们忘得精光。"

王崇典笑道："言重了，言重了，其实我也常想你们，真的常想。"

方治一直盯着王崇典，说："你还是老样子，一副忙忙碌碌的样子，星期天也不歇歇。"

王崇典笑着解释："出去开了个会。 你们怎么过来的？"

刘真如说："我最近还在南京，方治是特地从安庆赶过来的，专程要跟你阁下一聚呀。"

王崇典十分感动，问："你们什么时候到的？ 一定等了很久了吧?”

方治说:“我们下午就到了,问你室友,他们说你上午就出去了,中午也没回。我们等不到你,刘真如提出去找于一芝,就一路问着去了女生宿舍楼。见到于一芝,于一芝说,她也不知道你上哪了。我们在她那坐了半天,谈了半天话。”

刘真如诡谲地用手指着王崇典说:“不简单,你的影响力真大呀,我看于一芝现在是越来越向你靠拢了,思想变得很激进,连衣服都不送到洗衣房洗,自己亲自洗了。”转脸对着方治:“我们去找她,她正在宿舍洗衣服是吧?”脸复又转向王崇典,“她袖子卷得高高的,手上满是肥皂沫,哈哈,纯粹一个平民百姓家好媳妇的样子。啧啧,了不得!”

方治说:“我们在她那坐了半天,见离学校开饭时间近了,估计你回来了,就又回到你宿舍这边来了。于一芝要陪我们一起来,我们见她衣服洗了一半撂在那里,就要她先洗衣服,衣服洗掉再过来。”

王崇典看看时间已不早,说:“到饭点了,叫上于一芝,今天小酌一下!”

三人才下宿舍楼,远远就看到于一芝向这边走来,刘真如高兴地一招手:“嗨!”

于一芝早看到他们了,向他们连连招手,笑盈盈地跑过来。

方治是个细心人,知道王崇典经济上一向较紧,提出就到学生餐厅随便吃点。刘真如不答应,连说不行不行,大老远过来,难得相聚,不来一壶,哪能尽兴?转脸冲王崇典说,对不起崇典兄,今天要让你破费一下哟,你不会不乐意吧?王崇典爽然而笑,完全支持真如,真如所说,正是我所想的!于是一起向校门外走去。

几人一路上说笑不断。王崇典同时心里在想,上回为搞高校学运联盟去建业大学找刘真如,当时彼此所持观点不同,刘真如反对王崇典过多热衷于政治,提出学生要以学业为重,不应心有旁骛。王崇典提出,两耳不闻窗外事,一心只读圣贤书,那是旧时代的夫子之道,不是新时代的新青年的做法。两人发生了争执，最后王崇典没有要刘真如做任何介绍，自己直接去找校学生会商谈学运联盟的事了。这事在当时搞得有些不悦，如今回头看看，一笑耳。这世间，乡情友情同窗情，确实是最甘醇的酒、最美丽的花，观点不同可以争执，可以撞击，可以各自尊重保留，但绝对不会影响彼此的感情呀。

出了校门上大街，于一芝做主带三人走进一家酒馆。这家酒馆于一芝来过，口味好，环境比较清雅。四人坐下，王崇典让刘真如与方治点菜，刘真如笑道，你可不能让我点，我点起来，肯定都是拣最贵最好吃的招牌菜点！方治把菜单推给于一芝，你做主，简单一些，要清爽可口，不能太破费。

菜点好，又加了一壶酒。方治想到王崇典在大夏大学时一直不喝酒，问他现在是不是开戒了。王崇典说，没有，但你们照喝，我用茶水陪你们，就让服务生上了一杯茶。

饭桌上几人谈今说往，笑声不断，其乐融融。两杯酒下肚后，刘真如顿下杯子，望住方治说："我们不能光喝酒呀，谈正事呀。"

王崇典一时茫然，望着刘真如与方治问："正事？什么正事？"

方治望住王崇典，笑而不言。

王崇典跟着笑了："好像挺神秘嘛，说说，什么好事？"

刘真如说："被你说中了，真是一件大好事，想请阁下跟我们一起去安庆高就呀！"

王崇典脑子里立刻跳出陈访先写给他的那封信，一下明白刘真如这句话所蕴含的深意了，心想，看来他们此番而来，除了久别一聚，更主要的是为了拉他一同前往安庆共求发展。王崇典笑道："不必说了，我知道了，你们说的应该跟陈访先所说的是一码子事。前不久陈访先给我来过一封信，专门谈过此事，说安庆那边新近组建国民党党部，缺少人才，他进去了，条件很好，薪水很高，你们也相约着进去做了专职或兼职，劝我也一同过去。是这回事吧？"

方治放下杯子说："不错，是这回事。陈访先家有人在安庆做官，因此是他最先进入了安徽国民党党部。一个多月前，也就是5月初，他从安庆回上海找我与邵华，向我们介绍了安庆那边的情况，要我们跟他一起过去，我们就过去了。一点不夸张，条件待遇确实很不错，比他说的还要好。当时我们就想，在大夏大学分手时我们说过，苟富贵，勿想忘，如今遇上这么好的机会，应该雨露同沾才是，要是我们五个大夏的同乡学友聚到一起，共谋未来，共求发展，岂不大好？当时三人形成了共识，陈访先说，由他负责与你联系，我负责与刘真如联系。这之后，我就给刘真如写了信，陈访先给你写了信。”

王崇典放下茶杯说：“真对不起访先兄，这些日我实在太忙，拖至今日都没有给他回复。”

刘真如问：“幸福的橄榄枝伸到你窗口了，你阁下作何打算？不至于放弃这么好的机会吧？”

王崇典含笑不答。他知道，陈访先给他写信，尤其今天二位专程而来，完全是出于一种真挚的友情，为了他好，为了大家好。但王崇典早已想定，他不能接受。自己是一名共产党员，肩负着时代的重任，有无数的事要做，在这种关键时刻，怎么可以返转而去，追求一己的荣华富贵呢？但王崇典内心深处又深深被他们的情谊感动，不想拂了他们美意，因此在考虑如何对他们的盛情之邀做出婉拒。

于一芝知道王崇典原来的决定，但此刻见他笑而不言，以为他心里犹豫，想法发生了改变，就默默地看着他。

方治为王崇典设身处地地做了思考，说：“于一芝告诉我了，你现在加入了共产党，你可能对自己的身份有些顾虑。告诉你，你大可不必顾虑，你可以从共产党里退出来，跟我们一样加入国民党。一旦加入国民党，这下面的一切就都很顺利了。”

王崇典说：“这怎么可能呢？解放劳苦大众是我的理想，我既加入共产党，就不可能退出来。”

刘真如将手里的杯子顿到桌上：“崇典兄，你也未免太固执了吧，山不转水转，这世界上的一切都是可以改变的呀。”

王崇典微笑道：“不错，这世上没有恒定不变的东西，但有些东西是不可以改变的，比如，一个人的理想。”

刘真如说：“你说到理想，我倒很想跟你讨论讨论。人来到这世上，你说他所追求的理想是什么？很显然，是生活的快乐与幸福。安庆是我们安徽的省会城市，跟上海南京比当然有些差距，但在安徽是最好的城市，你我到那边工作，第一，属故乡热土，风水相合，风俗相通，是宜居之良地。第二，离老家近，发展一两年，你可以把老婆孩子接过来，在安庆安家。第三，我们几个同乡学友可以经常聚聚，遇事也有个帮衬，何等开心？第四，这是我比较看重的，就是方治兄刚才给你说到的，到国民党安徽党部工作，待遇好，薪金高，这一辈子都将衣食无忧了。这是一条通向快乐与幸福的路，这条路如今横到我们面前了，为什么不往上面走？”

王崇典知道自己与他们的人生观差异很大，如展开了说会发生争辩，他们特地为他而来，盛情之下，何别弄得脸红呢？于是找了一个理由说：“追求幸福是天经地义的，但四年的大学我才读了三年，还有最后一年，学业未修完，一些课程还没有结束，匆匆结业，我实在是于心不舍，做不到。”

于一芝一直在听他们说话，知道这末一句完全是王崇典的遁词。

刘真如说：“你我情况一样，你学业没有结束，我也同样没有结束。我是这么想的，我们大学毕业后都渴望找到一份理想的工作，能养家活口，体体面面过日子。可这份理想的工作不可能摆在那里等你，需要我们去找。能找到吗？未必那么顺利，纵使找到了，可能只是差强人意。而现在有如此好的捷径摆在面前，我们却放弃它，不是太荒唐了吗？”

刘真如所持的纯粹是一种个人主义的生活观，缺少大胸怀大境界。待他一口气说完，王崇典稍作停顿后，仍然坚持自己的理由：“真的不行，学业未修完要我去工作，我实在做不到，尤其下学期有一些新开的重要课程，都是必须要学的，我实在放不下。谢谢你们的美意，工作的事，还是以后再考虑吧。”

方治半天未开口了，此刻静静地望着王崇典说：“你说的完全对，大学四年的课程设计与安排有它的系统性与科学性，提前结业肯定有损失，一般情况下是不可取的。但我们目前面对的是一种特殊情况，它的特殊性刚才我们都已说过，我就不再说了，既然具有这种特殊性，我觉得就要特殊对待，也就是要抓大放小，做一些牺牲。在这一点上，我劝崇典兄慎重考虑。此外我还想从另一个角度劝劝你。你现在加入了共产党，是中共党员。国共合作目前已经解体，共产党处于弱势，蒋介石主政中国，这种政治上的大趋势大格局已很清楚地摆在我们面前。良禽择木而栖，君子不立危墙之下，这都是千古名言，我劝兄在大的方向选择上，还是慎重为是，不可掉以轻心。”

王崇典与方治对视着，端起茶杯碰向他的酒杯，无比真诚道：“我知道，方兄说的全是肺腑之言，完全为我好。我要以茶代酒敬你一下，谢谢！”茶杯与酒杯“当”地一碰，“但人各有志，我对自己的生活道路既做了选择，就不想改变，更不可能放弃。因此，你们就不要再劝了，由我往前走吧。”

方治眉头紧紧皱着望定王崇典：“你的选择我当然尊重，但有一条你务必要引起重视。”

王崇典问：“重视什么？”

“我不知道你目前具体在干什么，但我知道，作为一名中共党员，你所从事的工作肯定与当前中国的主流政治相背离，这种背离是一种危险，这如同在崖上攀爬。崖上是什么概念？上面是千仞陡壁，下面是万丈深渊，这是巨大的风险，而且从目前的形势看，这种风险会越来越大，你能置之不顾吗？”

于一芝眼睛瞪大了望着王崇典，只觉得一颗心在扑通扑通跳。

王崇典淡然一笑：“这些我都考虑过，共产党人的生活就是一种在崖上的生活，从来不可能轻松，这一切都没有什么。”

刘真如瞪起眼：“真的没有什么？”

“没有什么。”

刘真如发急了：“你老兄真是不可理喻！ 不可理喻！”

于一芝眼眶早有些湿润了。

方治灰心了，摇摇头，一声叹息。

王崇典一端茶杯：“好了好了，就此打住，不谈这个，喝酒喝酒！”

酒杯与茶杯高高举起，“当”地一碰。

去讲习所

麦子黄了，杏子熟了，转眼到了 6 月底。

一个星期日的下午，王伯衡与魏季高来到中央大学找王崇典，问他，马上放暑假了，要不要相约着一同回家？

回家？ 天呀，是该回家了。

整天忙碌不断的王崇典，经王伯衡一提醒才发现，自己离家已经半年。 半年，对于妻子淑贞来说，这是一段多漫长的日子呀。 淑贞在家怎么样？ 每天带俊敏，做家务，有点空闲还要学认字，还要描花绣朵做针线活，很累很辛苦，有没有抱怨？ 俊敏长成什么样啦？ 涡阳有一句乡谚，叫“七坐八爬，九个月长牙，十个月学话”，如今的俊敏应该会走会跑会说话了吧？ 崇礼跟佩媛日子过得怎么样？ 弟弟待人真诚实在，弟媳又是个热情活泼的人，他们的小日子应该过得甜甜蜜蜜的吧？

其实在此之前，王崇典不止一次想到过家。 他尽管白天奔教室，奔图书馆，奔其他院系的党员宿舍，奔兄弟院校的学生会，奔党组织召开的一个又一个会，整天忙得四脚朝天，但晚上躺在床上定下来，静下来，涡阳古城的华祖庙街，老家的那座青砖小瓦四合院，经常会浮现到眼前，清晰而温暖，像冬天里的小火炉。 想家想得心切，王崇典就把妻子和女儿的合影拿出来看看。 王崇典对妻子叮嘱过，要她抽空去照相馆拍一张抱着俊敏的照片寄给他。 淑贞知道他一个人在外的心情，立刻按照他的吩咐做了。一张二寸的黑白照，俊敏抱在妻子怀里，妻子的脸与女儿的脸挨得很近。两张脸，一大一小，白白嫩嫩，像两朵花在王崇典心中柔柔地开放。

王崇典高兴地对王伯衡与魏季高说："该回家了，该回家了。等放了假，约个日子一块回，一块回。有个伴，热闹！"

最后一门学科的考试结束，于一芝特地跑了一趟商店，给王崇典买了一大包礼物。这天，王崇典正一个人在宿舍收拾东西，他将一批从图书馆借来已看完的书整理出来，准备在放假前还掉，见于一芝拎着一只花花绿绿的大包进来，就问她包里装的是什么。

于一芝新近加入了共产党，心情极好，人也精神，走路的样子跟以前都有些不同。她含笑望着王崇典，不答他，低头打开花花绿绿的包，从里面拿出一只包装纸扎着的布娃娃，又取出一条用盒子盛着的粉色丝巾，待王崇典看了，问："怎么样，好看不好看？"

王崇典说："好看。"

于一芝说："你要回家了，这是我准备的一份礼物，不知道适合不适合。"

王崇典责怪道："你这是干什么？不需要这样。"

于一芝用眼睨着王崇典，娇嗔道："我又不是送给你的，我这是送给我嫂嫂和侄女的，也就劳驾你带一下，不可以吗？"

王崇典见她这么说，还真的想不出用什么话来回她，只得望着她。

于一芝见王崇典不再怪她，心里放松下来，笑盈盈地望着王崇典说："都怪我不好，你这么防范我，是因为我以前没有做好，老是纠缠你，影响了你。你放心，从今往后不会了，你只把你当我的哥！"于一芝说到末一句，脸红了红，目光移开去。"真的，仅仅是哥！你不要再有什么担心，再有什么顾虑。我要对我嫂嫂好，对我侄女好。"于一芝一抬头，两眼直对着王崇典吟吟笑道："我有一个小小请求，不知道你能不能答应？"

王崇典望着她:“说，什么?”

于一芝忸怩一笑:“要是方便，我想求你带我回去见她们一次好吗?”

王崇典从于一芝明净的笑态中，分明看到了深藏在背后的曾经的泪光，他知道于一芝内心一直痛苦着，挣扎着，渴望着。他看到这一切，想帮她，又不好帮，帮不了，相反他还时不时回避她，冷待她。王崇典内心也十分难受。但到如今，王崇典见她终于从困境里走出，把一切都想通了，选择了一条充满阳光的路，他非常欣慰，非常高兴。妹妹，是的，能有这么一个通情达理善解人意的好妹妹，不是挺美好吗? 王崇典望着于一芝，点头含笑道:“好的，等将来找到一个适当的机会，我带你去涡阳见她们。”

“真的?”

“真的。”

“我想喊你一声哥。”

王崇典点点头。

于一芝笑盈盈地望定他:“哥!”

王崇典心里暖暖地:“嗯。”

各科成绩单发下来了，学校就要放假了。王崇典想到暑假较长，一回去就是一个多月，因此在放假前与齐国庆、孙文忠碰了一下头，商量假期中党员的工作与任务，最终决定由他们三位支委分别与中大支部的各党员联系，要求各党员回故乡后，设法与当地党组织取得联系，积极参与党的工作，揭露国民党右翼反动势力屠杀革命的罪行，鼓动人民群众参加革命斗争。

支部的工作安排就绪，王崇典开始收拾行李准备回家。这天，交通站的李春突然来到中大，通知他去区里参加一个会。

这是一个宣传工作会议，区委书记在会上给大家做了讲话。原来上级党组织根据当前形势，要求在各地组织举办讲习会，宣传真理，发动群众，扩大革命队伍。区委从本地区党员干部中选拔了一批有才华有能力的佼佼者担任讲习会教员，王崇典正在这批人员之列。今天召开这个会，是通知大家先参加一个短期培训，然后利用暑假这一档期奔赴各地讲习会授课。

齐国庆得知这一情况后，对王崇典说："你是有家有室之人，家里早盼你回去了，你还是回家吧，我跟组织上讲一下，代你去讲习会当教员。"

王崇典内心很感动，望着齐国庆道："非常感谢，非常感谢，但这是组织上布置下来的工作，我没有任何推脱的理由，我肯定要去，一定要去。你的心意我领了，再次感谢！"

王崇典想到妻子在家悬着一双望眼，小俊敏等着他回去叫爸爸，心里很有些不忍。当晚，他给妻子淑贞写了一封信，第二天赶到五卅中学，将信和一大包早已买好准备带回去的物品以及于一芝送的礼物，一并交给王伯衡与魏季高，请他们替他带回。王伯衡与魏季高本以为王崇典能与他们同行，此刻见情况有变，十分惋惜。

又过了两日，王崇典与齐国庆、于一芝、孙文忠作别，去培训班参加培训。培训时间为一周，培训结束，他立刻踏上了行程。

王崇典的目的地是苏北如皋，与他同行的另两位，一位叫姚觃白，一位叫王龙，与他一样，都是去做教员。

大热的天，车船转换，一路颠簸，三人赶到目的地。如皋跟涡阳一样，城池不大，但很古老，城中有建于隋唐的定慧禅寺，有冒辟疆与董小宛居住过的水绘园，还有晚清进士、翰林院编修沙元炳创办的"如皋公立简易师范学堂"，1912 年更名为"如皋县立师范学校"，讲习会就开办在这所师范学校里。

三人之前已就讲习的内容做了分工，王崇典主讲孙中山"联俄、联共、扶助农工"三大政策的重要性。讲习会的学员主要是师范学校的学生，也有少数工人与农民，王崇典考虑到他们来自不同的社会层面，文化水平参差不齐，接受能力有差异，于是在课堂上尽量采用通俗易懂的讲法，或打比方，或举例子，努力做到深入浅出，让大家在轻松愉快的气氛中接受知识，明白道理。他的讲解在课堂上不时赢得喝彩，深受学员们的欢迎。学员们很快跟他相处熟了，经常跑到他宿舍，与他谈论形势，向他请教问题，特别是就国民党右翼势力的崛起，蒋介石实行反革命大屠杀等重大事件进行讨论，宿舍的灯光经常亮至半夜。

8 月的一天，王崇典接到上级党组织的通知，要他返回南京，接受新的工作任务。王崇典与讲习会的学员们依依惜别，离开了如皋。

第六章 在崖上

中共南京市委委员

1927年年底，中共江苏省委鉴于南京党组织遭到严重破坏的实际情况，决定召开南京市党员代表大会，重新组建市委领导班子。王崇典、齐国庆收到会议通知，一同参加了12月4日召开的南京市第一次党员代表大会。

开会地点很远，在江北浦镇附近的一座山上。王崇典与齐国庆坐轮渡过江，步行了一段路，一路询问，走了半天才赶到目的地。

在山的深处，满眼是坡冈树林，很荒僻，没有人，会场设在一户山间木屋。为什么把会场设在这？很显然，是出于白色恐怖之下的安全考虑。王崇典与齐国庆都是平生第一次来到这里，之后问了当地人才知，这座山叫老山，往北不远即进入安徽境内。

很意外，王崇典在会上碰到了孙津川。当他第一眼看到孙津川时，他十分诧异，孙津川不是在上海吗，他怎么来到南京啦？王崇典以为自己认错人了，再细看看，长脸，络腮胡，目光炯然有神，头上戴一顶鸭舌帽，不是孙津川会是谁呢？孙津川显然也看到王崇典了，见王崇典盯着他看，远远地隔着人向他微笑着招招手。

让王崇典更为意外的是，孙津川竟是本次大会的临时主席。

会议开始首先由省委书记讲话。省委书记邓中夏，王崇典之前听说过他的名字，知道他早年在莫斯科留过学，与李大钊一同创办过马克思主义研究会，是中国共产党的高层领导人，但从未见过。邓中夏的讲话要言不繁，他首先回顾了中共南京市委近期艰苦的斗争历程，接着对在对敌斗争中英勇牺牲的革命者进行了深情缅怀，对他们的革命精神给予了高度赞扬，并带领大家为他们低头默哀。再接下来，邓中夏阐明了召开这次大会的重要性、必要性、紧迫性及当前的工作任务，希望全体与会的党员同志认清形势，勇于斗争，为党的事业做出更大的贡献。

邓中夏讲话之后，会议进入下一个议程，选举新一任中共南京市委委员。孙津川首先介绍了选举方式，接着进行了新的市委委员的选举。

大会共选举出市委委员十七人：史砚芬、王澄、孙津川、何正泉、杜秀山、陈凤彩、路大奎、杨明清、罗世藩、丁发武、苏爱吾、王崇典、周长福、孙长植、李鸿宴、宋震寰、吴雨铭，其中候补委员四人。① 当唱票结果出来，王崇典发现自己名列其中，心情无比激动。

选举会议结束后，接下来召开新一任市委委员会议。新任市委书

① 参见陆庆良《野火烧不尽，春风吹又生》一文。见1985年《芜湖党史资料》第5期。

记吴雨铭①对全体委员讲话，他说："国民党右翼反动势力进行的'四一二'反革命政变，使全国各地的党组织遭受了惨重损失，许多共产党人不幸流血牺牲。这血的教训使中国共产党人明白了一个简单而朴素的真理：批判的武器不能代替武器的批判，物质的力量必须要用物质来摧毁。为此，中国共产党首先在南昌举行了南昌起义，'八七会议'之后，毛泽东又领导发动了秋收起义，建立了井冈山革命根据地。共产国际一直密切关注着中国革命的进程，目前对中国革命做出了战略性指导，要求我们在全国选择一些中心城市举行武装暴动，建立苏维埃政权。南京是国民党的中央政府所在地，中国的政治军事文化中心，为此，我们中共南京市委当下肩负着一个艰巨而重大的任务，就是要在南京组织与策划一场大规模的城市暴动，以暴力的方式动摇以至最终推翻国民党的反动统治，夺取南京的领导权，建立红色的苏维埃！"

接着吴雨铭书记就当前的形势与任务，对市委委员进行了分工，王崇典负责党的组织联络工作。

会议结束，王崇典正要去找孙津川说话，肩膀被人一拍，扭头一看，正是孙津川，原来他由齐国庆陪同着过来找王崇典了。他的一张被络腮胡子包围着的大嘴笑咧着，牙齿洁白闪亮，一双大手伸过来，一把握住王崇典的手说："老朋友又相会了。我在参会人员名单上看到了你和齐国庆的名字，知道你们要过来。"

王崇典紧紧握着他的手说："真没有想到会见到你，总以为你还在上海呢，怎么一下就到了南京？"

---

① 吴雨铭(1898—1959年)，又名汝铭、雨溟，湖南长沙人。1920年3月参与发起成立北京大学马克思学说研究会。1921年加入中国共产党。1923任京汉铁路总工会筹备会副总干事、京汉铁路总工会中共党团组织负责人之一，领导了著名的京汉铁路工人"二七大罢工"。1925年任第二届铁路总工会常委，上海市总工会组织部长。1927年7月起任中共江苏省委(兼上海市委)常委。1927年10月至1928年3月任中共江苏省南京市委书记。1930年被国民党当局逮捕。1931年脱党，后叛变。

孙津川扬脸一笑，对王崇典与齐国庆说："共产党人，四海为家嘛，这边需要我来，我就过来了。怎么样，我们一起到外面走一走，聊一聊？"

王崇典与齐国庆同时说："好！"

从木屋出来，一条蜿蜒的小路往前延伸，路面上铺满枯黄的树叶。路边紧挨着一条山溪，清亮的溪水翻滚着浪花往山下流。抬眼远望，溪流的对面是连绵起伏的山。山不高，但一座连着一座。

孙津川手背在背后，一边走一边说："我到这边之后，听同志们说，你们中大支部最近又发展了一批新党员，做了大量宣传鼓动工作，成绩很突出，市委对你们支部很满意。"

王崇典说："我跟齐国庆仅仅是按照上级的指示精神在做，具体事情还是靠大家做的，真的没有什么。"

孙津川望着王崇典白皙俊朗的脸道："你很谦逊，一点没有变，好得很！"

齐国庆说："'四一二'反革命政变后，我们支部的一些党员吓得躲回老家了，为了把他们一个个找回，并将市委的精神传达给他们，我跟崇典腿都跑细了。"

王崇典望望齐国庆说："那段日子，确实是很辛苦。"脸重新转向孙津川说："没有办法，他们都不是本地人，有的很远。"

孙津川用手捋了捋络腮胡子，微笑道："看得出，你们团结合作得很不错。我想，中大支部的工作做得好，这一条应该是重要的原因之一。共产党人做工作，就应该像你们这样。"接下来话锋一转，对王崇典说："刚才我听齐国庆讲，面对当前的形势，你们心里也有一些苦闷，是这样吗？"

王崇典没想到，齐国庆把他们谈的一些私房话都向孙津川汇报了，不由腼腆地笑道："是的，这段日子形势发生了急骤变化，恶性突发事件频频出现，对一些问题缺乏清醒的认识，心里经常有些苦恼。"

"有哪些苦恼，能说得具体点吗？"

齐国庆说："比如，我们共产党分明做的是这世界上最崇高最伟大的事情，却总是东躲西藏，遭人打击，如在夹缝中度日，相反敌人在干着违背人民意愿的事，却堂而皇之，气焰嚣张，这实在让人憋屈！"

孙津川转脸对齐国庆说："这道理很简单，因为他们有强大的武装，掌握着枪杆子，拥有一支自己的军队。"

王崇典说："所以我们要搞城市暴动，建立自己的红色苏维埃？"

孙津川点点头："是这个理。我们的党是一个年轻的政党，也在摸索着自己成长发展的道路。蒋介石发动的'四一二'反革命政变杀害了许多共产党人，血腥的现实使我们明白了一个道理，这就是刚才吴雨铭书记在会上对大家说的那句话：批判的武器不能代替武器的批判，物质的力量必须要用物质来摧毁。为此，我们党在'八七会议'上提出了'枪杆子里面出政权'的理论，明确了下一步的工作要点，要建立自己的革命武装。"

王崇典痛心地说："代价太惨重了，对于不讲道理者，不应该只是采用讲道理的方式。"

孙津川说："是这个理，所以我们党的方针在调整，搞了南昌起义、秋收起义、广州起义，在努力建立自己的革命根据地，培养自己的武装力量。"

齐国庆一挥拳头："不能慢吞吞的，要搞大的武装暴动，从敌人手中把枪杆子夺过来！"

王崇典两眼炯炯地说："吴雨铭书记已经布置了工作，近期要在南京搞一次大的武装暴动！"

齐国庆有力地接应："要把蒋介石打倒，把反动政府推翻！"

王崇典攥起拳头："一定要建立自己的军队，不然这世界上的真理就会被敌人踩入泥淖。"

孙津川说："你们说得很对，但这需要一个我们大家共同努力奋斗的过程。当然我们会慢慢看到的，形势正在有利于我们的方向转变，而且越来越好。"

三人越谈思想越活跃，越谈思路越清晰，都对党的未来充满信心。

回到会场，孙津川还给王崇典与齐国庆介绍认识了这一届新的市委委员史砚芬①。史砚芬是专跑学校的，负责在学生队伍中培养与发展革命力量，孙津川要王崇典和齐国庆在今后的工作中加强与史砚芬的联系。

王崇典与齐国庆都很高兴认识这位新朋友，相互聊了一下才知道，史砚芬是江苏宜兴人，其巧无比的是，他与王崇典、齐国庆同庚，都是1903年生，但性格老成，皮肤微黑，看上去似乎年长一些。史砚芬对王崇典与齐国庆说："我这两天跑的五卅中学，下面正准备到你们中大去。"

王崇典听他说到五卅中学，问："你在五卅中学有没有见到一个叫王伯衡和一个叫魏季高的学生？"

史砚芬笑道："何止是认识，都是老朋友了。前天我们还在一起商量发展新团员呢。你跟他们熟？"

王崇典说："我跟他们是同乡。"

史砚芬说："好哟，什么时候一起聚聚。"

在风雪中奔走

中共南京市委组织召开了第一次党代会后，组织工作恢复正常，

---

① 史砚芬，又名佘晨华(1903—1928年)，江苏省宜兴县人。1919年投身"五四"爱国运动的洪流，积极追求救国救民的真理。1927年春北伐军抵达宜兴，史砚芬开始接触马列主义思想，加入了中国共产主义青年团，不久加入中国共产党。11月，任宜兴农民暴动副总指挥。宜兴农民暴动失败后，转移到上海，被分配在共青团江苏省委工作。曾担任共青团南京市委书记，深入南京及周边各地，广泛宣传党的"八七会议"精神，积极在学生中发展党团骨干，开展革命活动。1927年12月，在中共南京市委第一次代表大会上，当选为南京市委委员，负责共青团工作，活跃在南京各大学校园内外，领导大学团组织开展革命斗争。1928年5月5日在南京参加共青团中央大学支部会议时，由于叛徒出卖，不幸被捕。9月27日，在南京雨花台英勇就义，年仅二十五岁。

机关设在下关，市委召开的各种会议都在下关一带举行。由于形势特殊，有大量工作要布置落实，因此最初这段时期会议较多，一周甚至多到两至三次。参会的党员同志来自各个地方，有工厂、高校、商会、铁道队、码头工会，甚至还有郊区农村，人数最多时达八十余人，通知工作十分繁重。根据市委领导的布署，王崇典负责会场安排、人员通知及安全保卫。这段时期，为了做好会议准备工作，王崇典一趟一趟地跑下关。选择会场，首先要考虑安全性，其次要考虑场地的大小，后一点由参会人数决定。由于白色恐怖的加重，一些原有基层党组织遭到不同程度的破坏，曾经作为会场的地方已不宜继续使用，必须寻找新的安全可靠的场所。王崇典为此八方奔走，从在不同单位工作的党员中挖掘与寻找资源，亲自一处处踏勘、验收，初步选定后，报经上级党组织备案。会场确定后，王崇典要安排人员一处一处地跑，将会议通知传达到人。通知不是书面的，都是口口相传，不留痕迹，万一被敌人抓获，不落下证据。这种特殊的通知方式，使得王崇典所负责的这项工作艰难而繁重，对方不在家，你必须等，下午等不到，你晚上必须再过来，晚上等不到，第二天你还得想办法将对方找到。你不可以写个便条留下，也不可以让他的家人转告。你必须，而且是一定，两相对面，把会议的时间、地点、会前要做的准备告知对方。

1928 年元旦之后，南京出现了多年罕见的冰雪严寒天气，大雪断断续续下了三天，市区街面白雪盈尺。雪后一连几天，夫子庙、秦淮河等热闹地段人迹稀少，平常熙来攘往的三轮车夫都不见了踪影。在这段冰雪严寒的日子里，中共南京市委有两个重要会议需要召开，王崇典为了通知与会人员参会，对手下人员进行分工后，自己身先士卒，从早到晚在南京各地不断奔走，每每是上午跑中华门、洪武路、白下路、程阁老巷，下午又跑下关，跑完下关，接着又过江赶往浦口。浦口的代表通知结束，又马不停蹄地赶往郊区。西北风呼呼地吹到脸上像刀片，路上的雪太厚，脚踩下去“咯吱咯吱”响，走快了脚下会打滑，一不小心就摔倒。最难走的是郊区，市委书记吴雨铭也估计到那边雪后难行，对王崇典交代，要是实在不好走就别去，会议少一两个人不受影响，之后把会议精神转告给他们也行。王崇典说："请书记放心，我会尽量通知到位。"

王崇典把两位郊区会议代表的通知工作留给了自己，一声不响地亲自出马。雪后城外的景象跟城里大不同，沟平了，路不见了，满眼白茫茫，往前走要不断摸索着路。一段路走下来，身上尽是汗。这时只能稍作喘息，不能停下来休息，停留的时间长了，身上会发冷。最麻烦的是那满眼的雪光，白花花地晃眼，长时间对着它，视力会瞬间丧失，眼前一片昏黑。王崇典在书上看到过，对于这样的现象，需要戴一副雪地墨镜以作保护。可哪来的这种墨镜？他立住脚，将眼合上片刻，用手轻轻揉揉，再睁开，好些了，继续往前走。

于一芝知道王崇典去了郊区，很不放心。她通知完市内几位会议代表回到学校后，傍晚时分跑到男生宿舍楼找王崇典。第一趟过来，不见他回，第二趟过来，仍不见他回。学校食堂的晚饭已结束，王崇典仍然没有回来。天这么冷，雪这么大，郊区的路一定比市内的路难走很多，人再受饿，怎么赶路？于一芝暗暗为王崇典担心，整个晚自习都没有上好，不止一次离开教室，顶着冷风，跑到王崇典的宿舍，看他有没有回来。于一芝在楼梯口跺着脚等，等了半天又半天，才终于把王崇典等回。那是一个模糊的摇摇晃晃的黑影，于一芝不敢相信，这个摇摇欲倒的黑影竟然是王崇典。于一芝心里一热，眼泪都快下来了。

"崇典！"于一芝声音发颤地叫道，迎上去。

王崇典透过昏黄的灯光看到了她，用一种近乎冻僵了的声音说："是一芝吧？这么冷的天，你怎么站在外面呀！"

于一芝声音里充满焦急："我在等你。怎么这么迟才回来？"

"没办法，路不好走。"

"路上尽是雪，你摔跟头了吧？"

王崇典一笑道："跟头肯定是要摔的，摔摔没事，雪是松软的，像一床大被子，不会让你摔伤。”

于一芝盯着王崇典的脸，他的额头与鼻梁映着灯光，其他的地方都在阴影里，侧着看像一块石头的雕像：“看你说的，摔跟头倒好像是一件挺好玩的事。要通知的两个人都找到了？”

“找到了。雪天，他们都猫在家里没出门，一找就找到了。”

于一芝都忘了揣在衣袋里的面包，连忙掏出：“吃饭了吗？太迟了，我怕你没吃，特地替你买了两只面包。”

“吃过了，在路上食铺吃的。”

“再吃点吧，刚烤的，挺新鲜的。”

“真的不饿。外面冷，进宿舍里坐一下吧。”

于一芝迟疑了一下：“不了，都快到关灯睡觉的时间了，就不进去了。我想跟你说的是，今天这一天你太辛苦了，明天你歇一下，浦口那边会议代表的通知我去代你传达。”

王崇典摇摇头：“这不行，肯定我去。”

于一芝的双眼与王崇典的双眼相对着：“为什么不行？而且这么肯定？”

王崇典说：“很简单，因为雪地的路太难走了。”

“你是说我不行？”

王崇典一笑：“没这个意思，男女有别呀。”

“我要去！”

“不行的。”

“一定要去嘛！”

“真的不行。”

最终浦口区还是王崇典跑了一趟。

王崇典自从担任中共南京市委组织联络工作后，中大支部书记改由齐国庆担任。两人虽在同一所校园，但因各自忙着不同的事情，因此平常相聚的机会较以前少了许多。雪后初晴的一天，市委的一个面向基层党组织的会议在下关召开，会上齐国庆见到王崇典，眼一下瞪大，一把拉住王崇典的手惊叫："天呀，你老兄怎么啦？"

王崇典不解："咋啦？"

"变形啦，瘦了许多！"

王崇典一下醒悟过来，心想，最近以来于一芝也不止一次这么说自己，也难怪，这段日子不住地跑会议，发通知，联系人员，白天连着黑夜忙，觉睡不好，饭经常不能按时按点吃，人是消瘦了不少。他笑着对齐国庆说："没这么夸张吧，也就稍瘦了一些。"

齐国庆挺认真地说："不是一点，是很多。要注意！"

王崇典一笑："好的，遵命，注意保养。"

转眼到了学校放寒假的日子，春节眼看就要到了，王崇典内心不由焦虑：暑假因为赴如皋讲习会授课未能回家，给妻子写信时做了保证，到春节一定回家，如今春节临近，该履行诺言了。况且离家一年，王崇典想家的心情也很强烈，因此他打算今年寒假无论如何回去一下。可是就在他这么想定了的时候，市委布置了新的工作，王崇典的任务是，带领中大支部骨干，利用春节前后市区流动人口的高峰期，开展多种形式的宣传，深刻揭露国民党反动派的罪行，提高广大人民群众的思想觉悟，推动革命形势的发展，为下一步实行城市暴动做好铺垫。王崇典是这项工作的负责人，负责人必须临阵指挥，因此王崇典尽管回家的心情很强烈，但接到上级党组织下达的任务后，没有一丝一毫犹豫，立刻取消了回家的打算。可想到涡阳的家，想到自己的承诺，王崇典心理上的坎又过不去了，于是他立刻铺开纸笔写信，一连写了三封信。

第一封信写给妻子，告诉她，实在出于无奈，不能回去了，请她原谅。要她把女儿带好，千万别太累了自己。字里行间充满自责，充满思念。

第二封信写给弟弟崇礼。他向弟弟问好，告诉他，他很想回家一聚，都已经做好准备，但因为某些原因，不能成行了。年节里，本答应淑贞回去的，结果成了空话，估计淑贞会很失落，望他与佩媛给她一些关照，别让她伤心。又问了弟弟近期工作的情况，教学有没有压力？在校里与同事关系处得怎样？涡阳城里有些什么故事？蒋介石发动的“四一二”反革命政变，在涡阳有没有引起什么反应？两封信装在一只信封里。

最后一封信是写给芜湖父亲的。这封信要言不繁，写得最短。他向父亲打招呼，本来计划春节绕道去芜湖看望他的，但因事务繁忙，无法脱身，寒假不能回去了，请父亲见谅，来日一定抽空回去看望。

在国民党反动派白色恐怖笼罩之下的南京进行革命宣传，不可能采用“五四”时期通常采用的演讲、集会、演出街头剧的方式，只能采取较为隐秘的特殊的两手：一、贴标语；二、散发传单。标语与传单的内容根据党的宣传精神进行编写，王崇典认真思考，反复斟酌，初稿完成后让齐国庆、孙文忠、于一芝传阅，请他们提些意见进行完善。于一芝捧读着王崇典所写的一张传单手稿，兴奋道：“这张传单我最喜欢，既可以当美文读，又可以当歌曲唱！”

齐国庆笑道：“是吗？哪一篇？唱来给我们听听！”

于一芝望着王崇典说：“我来读给大家听听。”

王崇典微笑道：“我不知道你说的哪一篇。”

于一芝对齐国庆和孙文忠说：“这张传单的标题是《工农齐奋斗》。”接着激情充沛地一口气读下去：

工农痛苦实在深。

资本家剥削，地方豪绅欺人。

国民党，新军阀，面目太狰狞；

欺骗复屠杀，残忍赛狼心。

帝国主义者，侵略更加紧。

可怜工农兵，求生不得，求死也不能。

工农与士兵，武装结同盟。

大地主，资本家，通统要打倒。

推翻国民党，驱逐美日英；
成立苏维埃，红旗耀日明。
工人有具，农民有田，士兵当红军，
一起奔向世界大同！

齐国庆击掌："好！ 谱上曲，就是一首激昂慷慨的歌。"

于一芝对王崇典说："对，谱上曲子，你不是会谱的吗？"

王崇典点点头："可以一试。"

中共南京市委在下关有地下印刷所，标语传单由地下印刷所秘密印制。领取传送标语传单，要高度重视安全性，谨防各个关卡的检查。为了逃避敌人的搜查，王崇典将标语传单的传送点不时进行更换。靠近下关的挹江门有一家小书店，那是共产党的一处联络站，老板姓赵，年近五十，长方脸，黑胡茬，戴一副深度近视眼镜，是一名老党员。王崇典不止一次安排印刷所将宣传材料送到书店，赵老板打包成书籍，让各个点的党员负责人装扮成购书人前来领取。一些新人赵老板不认识，王崇典特地为他们设计了联络暗号，比如领取人进店后，先找赵老板对暗号："请问老板，贵店里有张裕钊的《宝剑赞》卖吗？"赵老板说："有，有。但小店共有三种版本的《宝剑赞》，不知阁下需要哪种？"对方答："在下只想买乾隆十二年丛渊阁刻本的那种，别的一概不要。"张裕钊是晚清人，乾隆时期哪来的《宝剑赞》？这种错误是故意设计的，暗号这就对上了，于是赵老板将一只书籍模样的包裹提出来交给对方。在盐仓桥有一家客栈，一度也是传送点之一。这里离津浦铁路车站和下关码头不远，各路客商川流不息，人流量大，宣传材料打包成货物从这里中转，不易引人注目。

标语都是晚上贴，深夜贴，有时甚至是凌晨贴。贴标语的地点必须是白天行人较多、较为引人注目的地方，这样才能效果好。这一切，之前就已经考虑好了。麻烦的是，天气寒冷，夜里气温动辄零下，糨糊刷到墙上，标语贴上去黏性差，西北风一吹甚至会冻起来。

针对这一情况，这之后准备的糨糊都偏干一些，往墙上刷时注意刷得不要太厚，标语的四角与中心粘牢即可。由于王崇典组织的一批人不断出击，南京的新街口、夫子庙、鼓楼、下关等热闹繁华处，大小标语如雨后春笋般出现。标语的内容是："拥护三大政策，联俄、联共、扶助农工！""破坏国共合作是历史的罪人！""资本家剥削工人有罪！""反对独裁政治！""人民百姓要当家做主！""打倒帝国主义！""反对外国列强武装干涉！""中国主权不容外国人践踏！"这些火药味十足的标语，还不止一次地贴到了交通要道口警察的岗亭上，贴到了总统府前的高墙上。

除了贴标语，还要散传单。贴标语是在晚上进行，白天人们一上街，哇！那墙上贴的什么呀？走近去看看！这就达到了效果。散传单要在大庭广众中进行，要散到人的手中，搞不好会落入敌人手中，比较而言，难度比贴标语大了许多。王崇典善于动脑筋，他要求大家把散传单的地点选择在人口密集、流动性大的商场、车站、闹市口，传单散发前，先选好退身隐去的路径，一大沓传单一旦扬手散出，立刻旋身而去，迅如脱兔。在散发传单的过程中，王崇典还琢磨出一种极佳的散发方式，将传单带入电影院或戏院，待电影与戏剧的演出接近尾声时，一下将传单散向座位上的观众，演出结束屋内灯光亮起，观众即可看到传单的内容。

孙津川对王崇典的工作很关心。一天，王崇典去参加一个会，会议地点离孙津川的住处很近，会后他跟着孙津川一起到他宿舍坐坐。孙津川的住处是北祖师庵 49 号，开门进去，王崇典发现房间里很简陋，就一张床，一张桌，桌子上有一只冷馒头，一只破箱子，两张很旧的颜色有些发黑的椅子，跟王崇典见过的那些普通工人的宿舍没有两样。孙津川用打过疤的搪瓷缸给他倒了一杯茶，俩人坐下说话。谈到最近手中的工作，孙津川立刻建议他将传单带到下关火车站与轮船码头散，具体方法是，通过车站或码头的熟人，提前混进轮舱与车箱，将传单散到各个乘客的位置上，在轮船与火车开出前撤离，这样既保证了散发传单人员的安全，又能确保乘客及时取看。

王崇典很向往这种做法，但咂着嘴说："可是我与下关火车站及轮船码头上的乘务员不熟。"

孙津川说："光与乘务熟还不行，这相熟的人还必须是我们党里的人，要可靠。"接着给王崇典介绍了他的两位火车站与轮船码头的熟人，并告诉他怎样去找他们。

王崇典十分高兴，禁不住由衷地感叹道："真没想到，你对散传单竟然也这么在行！"

孙津川笑道："我本来也没有这方面的经验，是慢慢摸索出来的，因为我在上海时做过这方面的工作。但要切记的是，上述方法在同一个地方最多只能使用两次，以防不测。"

王崇典望住孙津川点点头："记住了，我不会让自己的人在敌人面前暴露的。"

凭着孙津川的介绍，王崇典很快与下关火车站及轮船码头的中共党员取得了联系，成功地进行了两次传单的散发。

激烈的争论

1928 年 3 月，原中共南京市委书记吴雨铭离任，孙津川接任他的工作。根据中共江苏省委指示，中共南京市委须迅速制定武装暴动行动大纲，下属各个党组织要根据大纲要求，寻找机遇，深入社会基层，对企业工人、在校学生、医院伤兵进行宣传发动，为暴动做好各方面的准备，力求在近期实行武装暴动，推翻南京的国民党反动政府，建立红色苏维埃。史砚芬的工作主要面向学生，他对王崇典说："抽个空，我们一起去会会你的两位在五卅中学的安徽老乡，我们一同商量商量当下的工作如何？"

王崇典好长时间没见到王伯衡与魏季高了，怪想念的，爽然应道："好呀！"

隔了一天，史砚芬与王崇典相约着一同来到五卅中学，王伯衡与魏季高很意外他们的到来，见了面都非常高兴，相互询问了近况。原来大家都很忙，都是马不停蹄的状态。史砚芬说：“今天我跟王崇典过来，是因为有个紧迫的任务想跟你们一同商量商量。”

王伯衡迫不及待地问：“什么任务？”

史砚芬说：“是关于暴动的事。市委要求各个学校的党员干部为暴动的举行做好宣传鼓动与策划工作，要向大家讲明为什么要暴动，暴动的意义与作用是什么，暴动主要依靠哪些人，应该采用什么样的方式，等等。要把这一系列问题讲清楚，讲透彻，使它深入人心。当下我们要做这项工作，那么这项工作从哪里着手？如何着手？学校系统要拿出一个总体方案。因此，我建议你们与几所主要学校的党团干部相约到一起，讨论一下这件事。”

王伯衡说：“明白了。请放心，我们一定尽快按照组织上的要求去落实。讨论会你们二位肯定要参加了？”

王崇典说：“当然参加。”

史砚芬跟着点头：“是的，一起参加。”

王伯衡说：“会议时间你们定。”转脸望望魏季高说：“参会人员我跟你去通知。”

魏季高说：“好的，没问题。”

史砚芬说：“你们二位辛苦一下，负责通知参会人员，会议时间就放在后天星期日，大家一起讨论一下，形成一个工作计划。”

王伯衡朗声道：“没问题，一切照办！”

星期天的会本来计划放在中大开的，但后来王崇典考虑到参会人员较多，会议内容有较高的保密要求，从安全稳妥的角度考虑，放在中大不宜，经与史砚芬、齐国庆商量，最后改在灵谷寺。

灵谷寺是南京一座著名的寺庙，位于紫金山东南、中山陵以东，是南朝梁武帝为纪念著名僧人宝志禅师而兴建的一座寺庙，初名开善寺。明朝时朱元璋亲自赐名“灵谷禅寺”，并封其为“天下第一禅林”。到了节假日，天朗气清，南京城里的人常到这里烧香拜佛，爬山观景，是南京人游玩的一个好去处。会议地点最终选择这里，是因为大家到这里来，会被人们当作一般的观光游客，不致招人注意，安全而稳妥。

会议的时间是下午三点，具体地点是灵谷寺后面的山坡。选择山坡，是因为这里空旷幽静，无闲杂之人，大家可以宽松随意地在草坡上就座。为防止有人搞不清方位，找不到具体位置，王崇典、齐国庆、孙文忠、于一芝早早地来到灵谷寺，分别在金刚殿、无梁殿、观音阁、放生池等一带转悠，一旦遇到与会者，就为他们指引寺后山坡的方向，要他们先去。史砚芬与王伯衡、魏季高三人是一起来的，在无梁殿碰到王崇典，史砚芬说："好雅兴呀，在研究古代建筑特色呢。"

王崇典微笑道："我怕有人找不到，在这里给他们引引路。不过你说得不错，中国古代建筑确实很值得研究，你就看看这无梁殿，太了不起了，真是鬼斧神工呀。"

到了三点，还有一些人没到。原来有些人是第一次来灵谷寺，对这里的路不熟。等到三点半，点了一下名，共十三人，只缺中大艺术学院的曹必慧和金陵大学的左思明。史砚芬提出不再等了，先把会开起来，请大家相对聚拢一些，就开始了。

史砚芬首先向大家明确了今天会议的主题，即围绕南京大暴动这一主旨，各校的党团干部就如何做好暴动前的宣传鼓动与策划工作，形成一个方案。

安徽公学的团支部书记尤隐坐在一块大石头上，挺起腰杆对大家说："我觉得这暴动的进行，一定要赢得大众的支持，——不，我说得不准确，不只是支持，而是参与，一种积极的参与，也就是成为暴动中的一员。而要做到这一步，首先像刚才史砚芬同志所说的，要让他们明白为什么要举行这一场暴动，暴动的意义和作用是什么。特别要让他们明白，暴动成功了，对他们有什么好处。要让他们从内心深处真正地拥护和支持这场暴动，而不是口头上。"

坐在草坡上的晓庄师范的王涛说："我们要深刻地揭露国民党反动

派的罪行，让民众看清看透蒋介石是怎样背叛孙中山政治纲领的，是怎样破坏大革命的有利形势向共产党举起屠刀的。看清看透了蒋介石的反革命嘴脸，心中有了仇恨，就自然而然形成了暴动的动力。”

于一芝掐了一朵野花捏在手里，一直对着欣赏，听了王涛的发言，目光从花朵上移开说：“我觉得这属于不是问题的问题，因为只要对社会形势稍加关注并具有基本的常识，就应该不难看出以蒋介石为首的国民党右翼反动势力的嘴脸。”

王崇典说：“实施暴动，是基于现行政府的反动性，这种反动性虽已昭然若揭，但我们仍有进一步揭露的必要。因为只有进一步揭露，才能让民众更清楚地看到这个毒瘤的毒性，认清它对整个国家机器的危害，从而更加明了我们实行这场暴动的必要性和紧迫性。”

王崇典的这番话显然是对于一芝发言的纠偏，于一芝听了心悦诚服，进一步看到了自己与王崇典之间的差距，同时也为自己认识的肤浅与思想的幼稚而羞愧脸红。

金陵大学的一位党员代表说：“我觉得我们首先要到工厂去，向工人兄弟宣传，他们长期受剥削受压迫，对这种不合理的社会制度最为不满，他们应该是暴动的主力军。”

一直背靠大树站着的齐国庆鼓掌：“说得好！我们可以到浦镇机厂去，到和记工厂去，到机器制造局、铁道队去！”

有一个嗓音很粗的代表插言：“还有下关码头，要知道，码头工人是一支最基层最受压迫的社会群体，他们极具战斗的力量。”

王崇典说：“我觉得大家说得都很好，但在这里我请大家注意一点，南京的国民党反动政府，他们拥有强有力的武装力量，他们手里有枪，有刀，有各种杀人的武器，我们需要特别考虑的一点是：我们将以何种方式对付他们，最终使暴动成功？”

史砚芬衣襟解开了，一只手叉着腰说：“这个问题提得好，这是一个十分重要的话题，非常有必要深入讨论。”

王崇典双目炯炯，声音高亢地说：“我觉得我们可以把眼光放得更开阔一些，比如，我们是不是应该考虑到兵工厂？ 考虑到在各大医院里治疗的国民党军队的伤兵？ 甚至是不是可以考虑到陆军学校？”

会场上一时鸦雀无声，所有的目光都聚焦到王崇典的脸上。

史砚芬站起身道：“我觉得王崇典说得很好，他给我们指出了一个新的方向，往这个方向走对我们来说意义重大。 为什么？ 因为这是一场暴动，是一种力量对另一种力量的摧毁，要摧毁敌人，我们就要拿起武器，形成我们强大的力量。 这力量不会从天上掉下来，它从哪里来？ 它就在我们的周围，就在人民大众中，需要我们去寻找，去发现，去把它们激发出来。”

有人鼓掌：“说得好！ 我们要形成我们的力量！”

“革命，就是一场暴动！”

“真正的战斗需要拿起武器！ 只有拿起武器，才能推翻反动政府！”

魏季高说：“我们去兵工厂宣传发动，让工人兄弟们支持我们的行动。”

齐国庆手抚着大树说：“刚才王崇典说到医院里的伤兵，我觉得很有意思，我们可以开展一场伤兵运动，到医院去争取他们！”

“这不可以，他们是国民党的兵，去找他们，肯定不行。”有人发出反对的声音。

循声望去，说这话的是王汇伯①，团市委的学运委员。

“为什么不行？ 请说说理由。”齐国庆目光俯向坐在一片草坡上的王汇伯。

王汇伯不屑道：“这还要说嘛，这不是秃子头上的虱子明摆着？他们是我们的敌人！”

王崇典说：“这种观点不对，他们不是我们的敌人，他们只是我们敌人手中的工具，我们只要好好努力，是有可能把他们争取过来的。”

---

① 王汇伯，又名王明渠，生卒年不详。原中共南京学运委员，1928年5月被捕叛变。

王汇伯从草地上站起来："你这是谬论。 军人有军人的纪律，军纪中最基本的一条是，严守纲纪与无条件地服从，你要他们背弃他们的组织，走到我们阵营里来，怎么可能？ 俗话说得好，端人的碗，受人的管，他们拿的是国民党的军饷，岂能背叛他们的主子？"

王崇典说："这不叫背叛，这叫弃暗投明。 国民党反动派破坏革命，排斥打压国民党左派，大肆杀害共产党，他们是历史的罪人，他们所犯下的罪行全世界有目共睹。 军人虽受严格的军纪约束，但并不缺少正常思维与判断的能力，因此我想，只要我们走近他们，与他们促膝谈心，有力地揭露国民党反动派倒行逆施的罪行，仔细地给他们分析形势，讲明道理，晓以利害，他们是完全有可能站到我们这边来的。"

王汇伯对王崇典直摇手："这太盲动了，我反对，一百个反对，去找他们做宣传发动，纯粹是一种冒险，搞不好是自投罗网。"

王崇典说："保持警惕是必要的，但我觉得，不可简单地一刀切，把他们一下子推到我们敌对的位置上去。 你去跟他们聊聊就会发现，他们几乎都是来自社会的基层，出身十分贫苦，当兵前有的是在工厂做工，有的是给地主种地，长期过着食不果腹的日子，他们是被抓壮丁进入了这个队伍，或者是因为穷得没路走出来找一口饭吃。 也就是说，他们是属于最基层的劳苦大众。 我们共产党搞革命的目的是什么？ 不就是为了解放劳苦大众吗？ 因此，我们不仅有跟他们亲近的可能，而且是完全有可能走到一起来的，关键的关键，是我们如何去做他们的工作，让他们看清当前的形势与未来的发展，最终认识到，我们的利益与目标与他们的利益与目标是完全一致的。"

齐国庆大声鼓掌："说得好！ 关键在我们怎么做！"

有人呼应："我完全赞同，我们不能不做尝试与努力，就先打起退堂鼓。"

王崇典说："我们无法进入国民党的军营，但就我所知，目前南京的各大医院有好一批国民党的伤兵，他们是从前线撤下来的，在这里接受治疗。我们可以以志愿者的身份去看望他们，接近他们，与他们交朋友。”

晓庄师范的王涛兴奋道：“我完全赞成王崇典的观点，可行！”

王伯衡挥拳道：“这项工作太有意义了，一旦把士兵争取过来，我们的暴动就有了战斗力！”

金陵大学的代表说：“我们可以请他们教我们打枪。”

中大艺术学院的一位代表说：“我去兵工厂做工作，先争取一些枪支弹药。”

“这是必需的，敌人都是武装到牙齿，我们不能赤手空拳。”

“……”

像无数火苗在草地上跳跃燃烧，与会代表一个个摩拳擦掌，议论纷纷。

“暴动，就是一场惊天动地的革命。”

“法国的巴黎公社，俄国的十月革命，都是这样走过来的。”

“我们在国民党的首府，在今天的南京，来它一个晴天霹雳，让全世界的目光聚向我们！”

史砚芬看到大家激情高昂的状态，心里很高兴，抬头看看太阳已西斜，林中光线已经暗弱，考虑到大家回去都需要走较长一段路程，就对大家做总结道：“今天的会开得非常成功，大家各抒己见，都谈了自己的想法，都很有道理，很有价值。会后，我跟王崇典负责汇总一下各位的合理化建议，起草一份行动方案，报送上级党组织审阅，一经通过，我们就付诸实施。今天的会议到此结束。散会！”

夕阳衔山，大家沿着曲曲折折的山路迤逦下山。

一周后，中共南京市委通过了他们的行动方案，史砚芬与王崇典又一次把大家召集到一起，地点不再是灵谷寺，改为玄武湖。会议由王崇典主持，史砚芬传达了上级指示精神，并给各校党团组织分配了工作任务。

在接下来的日子里，王崇典一方面组织人员进行武装暴动的宣传发动，一方面身先士卒，一趟趟地去工厂，跑码头，到医院，与工人、船员、铁路上的扳道工、医院里的伤兵谈心，交朋友，深入家访，为南京武装暴动的组织与策划付出了大量的心血与汗水。

第七章 忠诚

被捕

1928年5月，济南发生了震惊中外的“济南惨案”。

第二次北伐战争进行期间，日本担心中国统一后将不能再在这片土地上肆意妄为，便竭力阻挠北伐进行，以保护侨民为名，派兵进驻济南、青岛及胶济铁路沿线。1928年5月1日，国民革命军克复济南，日军遂于5月3日派兵侵入中国政府所设的山东交涉署，收缴武器，将办公室捣毁，并将山东特派交涉员蔡公时及署内全体人员捆绑起来。蔡公时用日语抗议，日军将蔡公时耳鼻割去，蔡公时怒斥日军暴行，日军又将蔡公时的舌头眼睛挖去，同时用极其残忍的手段加害交涉署的其他工作人员，然后分批杀害。当晚，日军炮击北伐军电台，致使守卫电台官兵全部阵亡。对于日本帝国主义的残暴行为，蒋介石奉行所谓“先安内，后攘外”的原则，不但不命令部队进行反抗，反而下令“忍辱负重，不准抵抗”，奢望通过外交途径“和平解决”。这样做的结果是，日军在济南市肆意焚掠屠杀，打死中国军民六千一百余人，打伤中国军民一千七百余人，制造了震惊中外的“济南惨案”。因大规模屠戮始自 5 月 3 日，故又称“五三惨案”。

“济南惨案”发生后，中共中央立刻号召全党和全国人民反对帝国主义侵略，要把日本帝国主义从中国的领土上赶出去，同时要求各级党组织大张旗鼓旗帜鲜明地批判国民党政府对敌人不予抵抗的妥协主义做法，抓住“济南惨案”这一重大历史事件，开展一场反对帝国主义侵略、反对国民党反动统治的斗争运动。中共南京市委根据省委指示精神，立刻召开会议，市委书记孙津川在会上给大家做了重要讲话，对下属各级党组织布置了相关工作。

王崇典参加过市委会议回来，立刻找到齐国庆，告诉他 5 月 5 日中共南京市委将组织召开一场“济南惨案”声讨大会，会场设在金陵大学礼堂，会后将组织抗议示威活动，要齐国庆组织五十名学生参加会议。

齐国庆说：“这没问题，五十人，小菜一碟。委屈你，请接受一下我的调配，给我写一批标语小旗，标语会场上用，小旗人手一面，如何？”

王崇典笑道：“遵命！”

于一芝听说王崇典要写标语小旗，立刻带人过来帮忙。学生会笔墨现成，纸有一些，但不够，于一芝立刻去买。标语有大幅、中幅，小旗子有条形、三角形，都要用刀裁。裁好了，于一芝将它们铺到桌上让王崇典写。好长时间不写字了，王崇典面对笔墨有些技痒，执起笔，浓墨饱蘸，尽兴地写起来：

誓死捍卫中华民族的主权！

绝不能让中国军民的血白流！

血债要用血还偿！

对外妥协就是对国家犯罪！

坚决反对犬儒政治！

打倒日本帝国主义！

东洋鬼子从中国的土地上滚出去！

……

一幅写好，于一芝与她叫来的帮手将它轻轻从桌上取开，移放到地上。大大小小，一气写了十几张，王崇典兴致盎然，手里握着笔，转身一一巡看。有空写写字，真是一件让人开心的事。王崇典禁不住想，现在工作太忙，整天没有时间，等将来革命成功了，有了余暇，一定好好坐下来，把书法拿起来研究研究，特别是汉代碑帖，好好揣摩一番，临一临，然后再写，一定会有新突破、新气象。

于一芝含情脉脉地望着王崇典，她很喜欢他此刻一手当空握笔，一手背在身后浏览标语的样子，儒雅，大气，像站在讲台上的一位年轻俊朗的大学老师。

王崇典感觉到于一芝在看他，转脸望住她微笑道："好长时间不写字，退步了。"

于一芝说："没有呀，我觉得写得挺好，张张好！"

王崇典笑道："你这是在鼓励我。"

于一芝瞥他一眼，两眼星星一样亮："真的，人家说的是心里话！"

5日下午一点，齐国庆、王崇典与孙文忠，带着中央大学一支五十多人的学生队伍，人手一面小旗，早早来到了金陵大学。南京各高校及一些主要中学的学生代表，排着整齐的队伍，先后从四面八方赶到了会场。金陵大学的礼堂里贴满了标语，集会人数两千多。会议由史砚芬主持，各校学生代表纷纷上台发言，对“济南惨案”进行抗议，揭露帝国主义侵略中国的罪行，指责现政府一味妥协的错误做法，群情激昂，不断高呼口号。会议结束全体与会人员排着队伍走上街头，在总统府一带游行抗议。齐国庆看准适合地点，不时指挥人员将带来的标语快速张贴到墙上。江苏大学的一支小分队随身带着笔墨，在街头的一片白墙上，迅速挥笔书写，标语的内容触目惊心：

打倒新军阀！

打倒国民党反动派！

游行的队伍中突然出现混乱，原来一批受雇于警察局的军校学生冒充会议代表一直跟踪盯梢，他们看到墙上的标语，以为抓住了把柄，立刻露出真实的面貌，与街面上巡回监视的军警联手，立刻对书写标语的人员进行抓捕。秩序大乱，队伍中立刻出现冲突、打斗与呼喊。这里那里，不时有拳头，棍棒，血。尘土在飞扬，警哨时不时尖锐地响起，警察不断往这条街集聚。情况危急，游行示威的队伍不得不解散。齐国庆正把带来的最后一张标语贴完，见警察往这边赶，立刻挥手对大家高喊：“快往巷里撤！”大家跟着他直往巷道里跑。王崇典对一直跟在他身边的于一芝催促：“别打愣，快跑呀！”同时招呼后面的同学：“快一点，跟上！ 跟上！”

七拐八绕跑了半天，身后才安静下来。王崇典见于一芝气喘吁吁，脸上有些变色，拉起她的手说：“好了，没事了，放松些，再坚持一下。”

于一芝脚步有些趔趄，微微仰着脸，身子靠在王崇典肩上，什么话也说不出。

当晚齐国庆、王崇典与孙文忠清点了一下中央大学参加会议的人员，一个不少，都回来了。但有很不好的消息传来：警察局抓了十几个人，其中有南京市委委员史砚芬，团市委组织部长王亦铭，团市委学运委员王汇伯等。①

在这之后的6日和7日，不断有坏消息传来，金陵大学的党支部、江苏大学的团支部及党在浦口的接头机关遭到破坏。

7日下午，王伯衡跟魏季高突然来到中大找王崇典，说市学委的王汇伯叛变了。

王崇典大惊："是吗？你们能确定？"

王伯衡说："我们是听到人这么讲的。"

王崇典感到形势严峻，对王伯衡与魏季高说："不要乱，我先找上级党组织汇报一下。"

消息当天得到验证，王汇伯已叛变，这两天高校的一些基层党组织及浦口接头机关遭到破坏与他的叛变有着直接关系。针对这一情况，市委孙津川书记做出指示：对"济南惨案"的声讨继续进行，南京武装暴动的宣传鼓动工作立刻转为地下。王崇典回来找齐国庆与孙文忠商量决定，迅速召开一个重点学校党员干部会，将孙津川书记的指示精神传达给大家，共同商量下一步的工作。

会议的时间定在5月7日下午，地点中华门。

中华门在南京城南，是南京老城的正南门。城墙是明代建筑，有三道瓮墙，四道拱门，二十多个藏兵洞。城墙的墙体巍峨高大，古朴厚重。到了节假日与休息日，中央大学、金陵大学、江苏大学等校的学生都喜欢过来爬爬城墙，登登城楼，看看秦淮河和夫子庙，看看南京老城鳞次栉比的屋顶，看看远处淡紫色的山。王崇典召集大家到这里聚谈，一是考虑到就近，来去方便，二是登城观光，形同游客，不容易引人注目。可是令王崇典意料不到的是，由于王汇伯的叛变，国民党便衣特务已把他与齐国庆等一批党员干部作为目标进行了锁定，他们希图通过对他们的跟踪监视得到更大的收获。因此，5月7日下午，王崇典与齐国庆来到中华门，便衣特务们也尾随而至。王崇典与

① 参见刘峰《中共南京党组织遭受的八次重大破坏》，《档案与建设》，2002年第1期。

齐国庆是一起过来的。王澄与贺瑞麟在他们之前到了。王崇典对他们说："不急，我们先在城台上转转，看看古城风光。"

到了约定的时间，聚会的八个人都到了。王崇典与齐国庆、孙文忠已提前商定好，会议只能以特殊的方式进行，大家就在城台上边走边谈，不聚在一起，不坐定下来，把南京市委的精神传达给大家即可。在城台上的好处是，可以高瞻远瞩，放眼四望，路道上、广场上如有什么异常情况，可立刻发现。

7日这天天气很好，西斜的阳光远远地照射在老城区高高低低鳞次栉比的青灰色屋顶上，老城上面天空瓦蓝瓦蓝的，一朵朵棉絮状的白云在飘动。5月的天气已经转暖，这一刻又是太阳照着，身上微微有些热，王崇典解开上衣扣子，与齐国庆一边沿着城台往前漫步，一边向身边的几位党团员干部传达上级精神。才传达到一半，王澄发现城墙下的路上有两个神色可疑的人在注意着城台上，此刻只见他们朝一个方向招了招手，城台下的藏兵洞里立刻冒出几个人，快速地沿着砖面坡道往城台上奔来。王澄立刻叫起："不好，有便衣！"同时手往那几个人指去。

大家顺着他手指的方向，立刻看到那几个家伙凶神恶煞似的远远往他们这边奔来。

齐国庆大喊一声："快跑！"

王崇典跟上一句："分散跑，不要慌乱！"

曹赞卿从高高的城台上纵身跳了下去，跌到地上爬起，直往郊外跑。孙文忠跑不快，落在最后，王崇典稍稍等着他。大家一口气奔进城，立刻钻入不同的巷道，往各自的学校而去。王崇典回校后，正是学校里开饭的时间。跑了一段路，肚子实在饿了，决定先解决一下肚子问题。饭毕，王崇典心里有些不踏实，立刻去找齐国庆。临近齐国庆宿舍门，王崇典放轻脚步，敲门前先凑到窗口往里看了看。宿舍里很安静，室友们都上晚自修了，齐国庆一个人正赤裸着上身擦洗身子，王崇典敲门进去。齐国庆见了王崇典忍不住骂道："那帮狗日的，真不是东西，害得我跑了一身臭汗！”

王崇典调侃道：“应该感谢他们，让我们做了一次健身运动。”接着问：“你有没有看到孙文忠？”

“没有。”齐国庆一边把毛巾搭在盆边上，一边说。

王崇典说：“我心里总有些不踏实。”

齐国庆说：“他应该回来了吧。”

王崇典说：“他身子胖，跑得慢，我是等着他的，下了城台之后，我们就分开跑了，之后没有看到他。”

齐国庆低头套着汗衫说：“你别想那么多，那几个家伙离我们那么远呢，不会追上的。”

王崇典想，但愿如此。

从齐国庆宿舍出来，王崇典去女生宿舍楼看望于一芝。于一芝生病了，有些发烧，下午没有去参加会议，此刻正在宿舍休息。王崇典问她有没有去医务室看一下。于一芝说，去看了，医生说是感冒引起的发烧。王崇典问开的什么药，于一芝说不知道什么药，挺苦的。王崇典将桌上一只开着口的药袋拿起来看看，重又把袋口封好放回原处，叮嘱她要按时吃。接着把下午发生的危情对她讲了一遍，郑重地对她说：“我们现在是行走在崖上，处境十分危险，你务必要小心谨慎。”

于一芝因为发烧脸蛋红扑扑的，望着王崇典点点头。

王崇典给她倒了一杯开水，要她多喝水，又说了一些别再受凉、多多保重之类的话，就告辞了。

于一芝要披衣起床送他，王崇典坚持不让。于一芝盈盈地望着他，说：“你可要小心呀。”

王崇典回望了于一芝一眼，微笑道：“我会的，放心。”

离开女生宿舍楼，王崇典想到孙文忠，心里仍不踏实，又拐到建筑系。建筑系的教室灯火通明，大家都在上晚自习。王崇典站在窗口看了半天，没有找到孙文忠的身影。向窗口一个同学打听，对方说，不知道。王崇典小声问他，与孙文忠同宿舍的是哪位？对方指给他。王崇典轻着脚步走进教室，小声向孙文忠的室友询问。对方从书本上抬起脸，望着王崇典说："他下午出去的，一直没回来。"

王崇典心里有些发紧，离开建筑系教室，立刻去孙文忠宿舍，心想，但愿他这一刻回来了。

到了孙文忠宿舍楼，王崇典仰头看了看，整幢楼的窗户都是黑的。王崇典脚步匆忙地走到孙文忠宿舍门口，抬手敲门，连叫两声。屋里静悄悄，没有一丝回应。

糟糕，一定是出事了。

王崇典心情沉重，在校园里转了一会，努力理清自己的思绪。

时间不早了，晚自习已结束，同学们开始回宿舍洗漱休息。王崇典思前想后，最终决定，明天早上再到建筑系看一下，孙文忠要是回来了，万事大吉，要是没回，需立刻向党组织汇报，以便采取相应对策。

考虑定了，王崇典准备回宿舍休息。走到宿舍楼入口，走道拐弯处突然闪出两个黑影，一边一个一下扳住了他的肩膀。王崇典身上立刻冒出冷汗，心里叫一声糟糕。竟然被人跟踪了！

两个黑衣人立刻对他实施了控制。①

关于王崇典的被捕，王伯衡后来在一篇文章中专门做过回忆。他说，5 月 7 日这天晚上，他跟魏季高到中央大学找王崇典没有找到，当时时间已经很晚，俩人只得回自己的学校。第二天，他与魏季高又来到中央大学。与王崇典住在同一宿舍的室友认识他们，告诉他们，王崇典昨夜被人抓走了。王伯衡与魏季高吓一跳，知道大事不好，一刻也没有在中央大学逗留，立刻匆匆回校，简单处理了一下事务，直奔

① 另一种说法是，王崇典是在 5 月 5 日被捕，以此推理，也即在金陵大学礼堂集会之日。但似不妥，因为先有 5 月 5 日王汇伯被捕叛变，其后才有王崇典等一批人的被捕，之间有因果关系。

下关火车站买了车票，踏上了回故乡的路。在涡阳，他们很快得到了来自南京的准确消息，王崇典已被捕，与他同时被捕的还有齐国庆、曹必慧、王澄等，一共十几个。更让他们吃惊的是，市委书记孙津川在他们之后不久也被捕了。时隔不几天，涡阳这边风声也紧起，警察局开始盘查人口，不断抓人。王伯衡与魏季高深感处境险恶，立刻离开涡阳潜往宿县。没想到，到宿县不两天，涡阳警察局又派人追至宿县。王伯衡与魏季高迫于无奈，立刻离开县城逃往乡下。①

铁味与腥味

王崇典与齐国庆被捕后，先被拘押在南京市警察局。南京市警察局在从齐国庆宿舍搜查到的《中大支部训练大纲》上看到了由王崇典牵头制定的“伤兵运动”与暴动计划，深感案情重大，立刻具结上报，并将王崇典、齐国庆等一同转押至南京卫戍司令部看守所。

南京卫戍司令部司令贺炽祖、副司令谷正伦审阅卷宗后，认定王崇典、齐国庆等煽惑伤兵，阴谋暴动，犯下企图颠覆政府罪，与普通共产党案区别极大，应受军事法庭审判。蒋介石闻讯后，更是大为恼火，立即挥笔下令国民党首都卫戍司令部“切切迅予查办，从严刑讯，揪出同伙，以戢逆党捣乱之风，而为不畏法者戒”②，并指出，要“屋换石头人换种，诛家灭种，斩草除根”“宁可错杀一千，不可错放一个”。卫戍司令贺炽祖、副司令谷正伦高度重视，决定对王崇典亲自刑讯。

这一天，王崇典被带进审讯室。卫戍司令部看守所的审讯室是一间光线暗弱的石屋，里面的空间并不小，但由于只有一盏鬼火似的灯亮着，四周隐在昏暗中，因此整个显得逼仄、压抑，令人窒息。王崇

① 王立仁(即王伯衡)《回忆大革命时期的中共涡阳支部》,《涡阳党史资料》(第一辑),安徽人民出版社,1991年5月版。

② 民国十六年六月七日《首都卫戍司令部公函第905号》,见江苏公安厅档案科全宗5目录6卷号3203。

典想，这可能正是他们刻意的设计，目的就是要给被审者造成一种心理压力，甚至令其感到恐怖，以求最终达到他们的目的。

王崇典被带到里面一张木桌前坐下。空气中有一种浓厚的铁腥味。王崇典转头看看，透过暗弱的灯光，他发现周围挂着好些铁链镣铐，一只大铁炉碳火微红，旁边搁置着好些铁钗火钳。王崇典立刻明白了，空气中的铁腥味是从这些刑具上发出的，不，除了刑具的铁味，还有受刑者血腥的气息。

一个穿着警服的人走到他面前瞪着眼，声音凶恶地说："看着我！你知道这是什么地方吗？"

王崇典心想，这应该是一名审讯官，望了他一眼说："知道，审讯室。"

"知道就好，"审讯官用手中的鞭子将早已放在桌上的纸笔往王崇典面前推推，"那就免得我费口舌了，照实给我在上面写，把你所认识的共党分子、他们的职务、所在的单位、住处，都给我一一写出。实在不清楚的，可以空着。交代得好，可以对你宽大处理，从轻发落。我说的听明白了吗？"

王崇典望望他，觉得这是个十足的警痞，就把目光移开去，不再理他。

审讯官见王崇典一动不动，将手里盘绕着的鞭子在桌边上敲敲，冷笑道："我懂的，你是想做个硬汉，要与我们对抗一下是不是？做你的大头梦！告诉你，我这卫戍司令部的审讯室比太上老君的炼丹炉还要厉害一百倍，凭他多硬的钢多硬的铁，进了这炉子，都要乖乖地化成水！这化成水你知道是什么意思吗？好了，给你半小时时间，给我一条一条好好地写，可别敬酒不吃吃罚酒，怪我不客气！"

说完，扭头而去，躺到黑暗处一张躺椅里吸烟去了。

大约过了一刻钟，审判官走过来，抓起桌上的纸，见上面一个字没有，"啪！"地往桌上一拍，扭头对两个一直挺立在旁的打手叫道："猛蛇缠身侍候！"

两个黑衣打手立刻粗暴地扯起王崇典，将他横一道竖一道绑到一根柱子上，挥起皮鞭劈头盖脸一阵抽。王崇典只觉得眼前一道道的黑影像蛇一般在飞，身上仿佛被恶狼在一口一口地撕咬、扯开。转眼间，胸前的衣服成了碎片，脸上、额头上、脖子上，爆出一道道血淋淋的伤口，眼睛青肿，鼻血直流，鲜血流到衣襟上、地上，胸口与臂膀处的衣衫被血洇湿……

审讯官令打手住手，走到接近昏迷状态的王崇典面前，弓下腰问："怎么样，这猛蛇缠身的滋味不好受吧？告诉你，这还是轻的，真正让人受不了的还在后头。我跟你打过招呼，这全怪你自讨苦吃。怎么样？还是交代了吧？现在交代还不迟。"转身对两个打手说："给他松绑，扶他到桌子上写。"

王崇典被两个打手架到桌前，屁股在椅子上坐不住，摇摇欲倒，最后只能伏在桌上。审讯官走到桌前，将笔塞到他手里："写，好好写，写好了，我安排人给你包扎伤口。"

王崇典艰难地将笔握到手中，在纸上写了六个字：

我是共产党员

写完，笔扑地撂下。

审讯员拿过一看，三下两下撕碎，扭脸吼道："竹针侍候！"

两个打手立刻将王崇典的双手固定在桌上两只铁环里，一个打手使劲捺住王崇典的手掌，另一个打手从一只盒子里抓起一把竹针，将一根竹针对准王崇典的指甲缝，一下深深地扎了进去，王崇典身腰往后一挺，"啊"的一声大叫。

审讯官以为王崇典是个白面书生，这种苦刑肯定熬不过，粗声道："别硬挺了，告诉你，我见得多了，没有挺得过去的，赶紧交代了吧。"

王崇典意识已经模糊，他依稀看到了妻子淑贞，看到了女儿俊敏，看到了涡阳那方青砖小瓦的院子……

接着是第二根竹针，第三根竹针……

仅仅前面的那一声大叫后，王崇典再没有叫出第二声，一丝丝呻吟都没有。每插一根竹针，他的身子剧烈地抖一下，双眼一直紧紧闭着，额头上不住滚下黄豆大的汗珠，“咯吱吱，咯吱吱”，这是他牙关紧咬的声音。牙根渗出血了，一股腥味。王崇典昏了过去。

王崇典醒来的时候，发现身上是湿的。他不知道，他是被打手用一盆冷水激醒的。一个大圆盘似的脸横在他面前，在对他说话，他迷迷糊糊听不清楚。噢，听明白了，他是卫戍司令部的副司令，这里位居第二的高级官员谷正伦，他是特地拨冗过来看望他的。他的脸真大呀，一个人的脸怎么会这么大呀？脸是圆的，眼睛是圆的，鼻子是圆的，整个人都是圆的。他的声音很细柔，很绵软。他对王崇典说：“对不起，我来迟了。他们这样滥用酷刑我是不赞成的。人的一肌一肤受之父母，都要爱惜为是，折磨血肉之躯是非人道的。这天气越来越热，要防止发炎。我过后给你找些药送来。云南白药，外敷的，很管用。监管是要文明的，他们这是太不像话了，太不像话了。”

谷正伦副司令接着一点也不见外地跟王崇典聊起闲篇，谈起中国革命，谈起社会发展，谈起共产党与国民党，谈起曾经的两党合作。他说：“中国革命是资产阶级领导的民主革命，这一点俄国共产党领导人托洛茨基都是承认的，因此，你们共产党人应该服从大局，做一些配合性工作，而不应与我们国民党为敌。”

王崇典已没有一点气力，但谷副司令的话实在让他气愤，他强撑着说：“你说的不对。孙中山制定的国共合作方针是一条光明之路，一切本来都在顺利地向着既定的目标前进，是谁突然翻脸举起屠刀破坏了这一方针大计的执行？是你们国民党右翼势力。至于谁来领导中国革命，这要看谁更能代表广大人民群众的根本利益。事实证明，你们国民党右翼势力代表的是中国民族资产阶级的利益，代表的是一小撮剥削阶级的利益，而真正站在全国广大劳苦大众立场上，并为其谋利益，谋幸福，谋发展的，是我们共产党。所以说，在中国掌握革命领导权的，应该是共产党，而不是你们。”

谷正伦哈哈大笑：“不简单呀，没想到你年纪这么轻，竟有这样的政治头脑，人才，人才呀。好了，这是你我不同的政治观点，姑且搁置不论。我想跟你讨论的是当下。你是读书之人，为人应该绝顶聪明，在这里我想提醒你的是，当前两党的政治影响力与军事实力可以说不可同日而语，未来的发展趋势不言自明。古语道，良禽择木而栖，良将择主而事。因此我谷某由衷地奉劝你，要审时度势，做出明智选择，不要固守己见，一味往墙角落走。”

王崇典忍着身上的疼痛苦笑道：“我还是不赞成你的观点。古人有一句话，叫得人心者得天下。你扪心自问一下，国民党右翼目前的所作所为得人心吗？得到天下人民的拥护吗？不能。共产党目前是弱小，是不够强大，但他所做的一切是为了普天之下的人民，得到人民大众的赞成拥护，我对我党的未来充满信心。”

谷正伦并不急躁，他又从个人生活上加以劝导：“王先生坚守节操，不为大势所动，令我敬佩。不过人生一世，草木一秋，大概无一例外都是为了求幸福，求快乐，求享受。而且据我了解，你王先生是有家有室之人，妻子儿女要你供养，因此，凡事不能只考虑一己利益，要顾及家庭，顾及父老兄弟姐妹。你硬拿自己的血肉身躯抗拒下去，吃苦受罪是一方面，到最后还要搭上性命，很不值得，真的很不值得呀。反之，你配合他们一下，把他们所需要的材料写给他们，立刻就会柳暗花明，豁然开朗。你要是想为党国效劳，我们还可以给你安排一个适当的位置，这又何乐而不为呢？”

王崇典觉得与他没有共同语言，轻蔑地望了大圆脸一眼，闭上了嘴巴。

谷正伦逼近了望住王崇典，一字一句道：“你知道你犯的什么罪吗？从我们掌握的材料里看，你是犯了武装暴动罪，这是要上军事法庭的，搞不好就是死罪。死罪，你知道吗？我这是在拯救你，给你一线机会，你听到吗？”

谷正伦两眼一眨不眨地望着王崇典，见他像石头一样不动，最后终于失去了耐心，愤然起身，对侍立在旁的审讯官说："给我继续！"拂袖而去。

接下来又是灌辣椒水，又是上老虎凳，王崇典一次次昏过去被冷水浇醒，醒后又被施刑，断断续续折磨了将近一天，最终均无收获，审讯官终于彻底气馁，恶狠狠地骂了一句娘，令打手将他叉回囚室。

身负重伤的王崇典回到囚室，室友们见他遍体鳞伤，奄奄一息，都十分难受。在这之后的日子里，大家轮流着天天给他端茶喂饭，料理伤口。经过数日的静养，他才勉强能够坐起。

6 月天气溽热，囚室里卫生条件极差，身上伤口尚未彻底愈合的王崇典又染上了伤寒。在病中，他坚持参加了与狱友们一同进行的要求监狱改善卫生条件、按时放风、给予洗澡的斗争，因身体过于虚弱，以致在一次抗议活动中晕倒在地。王崇典的精神令狱友们十分感动，大家面对着他时，目光中都充满了由衷的敬佩。①

在霞光里

6 月里的一天，看守哗啦啦打开狱门传王崇典出去。王崇典身上的伤口还没有完全恢复，此刻他正抓着一截铅笔头在一本破本子上记写自己在狱中的感受与思考，听到看守叫，以为又要对他审讯。什么审讯，不就是折磨人摧残人吗？你们各种手段都用了，上回没见效，这一回难道你们的阴谋就能得逞？

让王崇典大出意外的是，看守传他出去不是审讯，而是去见前来探望他的弟弟。原来弟弟得知哥哥被捕后，在家一直寝食不安，特地请假赶了过来。弟弟知道看守所的看守都是一帮贪得无厌的家伙，对他们不打点肯定不行，而他每月收入毕竟有限，供应家里整个开销后积余有限，因此出发之前，特地跟学校同事借了三块大洋，以确保此

① 曹必慧《回忆王崇典同志》,《涡阳党史资料》(第一辑),安徽人民出版社,1995 年版。

次出行的成功。

王崇典被带进一间小屋，屋里墙上有一扇窗。弟弟站在窗外，他站在窗里。看守之前得到过王崇礼的红包，态度不再恶劣，对王崇典说：“抓紧些，规定只有一刻钟的时间。”说完就退出了。

弟弟望着哥哥的脸，眼泪立刻下来了。

王崇典艰难地笑笑，说：“别这样，你这样让我难受。”

弟弟掏出洁白的手帕揩揩眼泪，望着哥哥说：“你在这里遭大罪了。”

王崇典说：“都熬过去了。你怎么知道的？”

弟弟说：“王伯衡与魏季高跑回涡阳告诉我的。他们说你在这里出了事。我心里不踏实，打电话给父亲，父亲通过警察局这条线上的关系摸了一下底，知道了你关在这里。”

“父亲还好吗？”

“还好。本来他想一起过来的，但在为你的事奔走找人，来不了。他要你先忍耐着，让他慢慢想办法。”

王崇典苦笑着摇摇头：“没有办法想，他不知道我的情况，你要他歇歇神，不必低三下四地去求人。淑贞还好吗？”

弟弟脸上浮现出笑容：“嫂嫂挺好的。”说着把放在窗台上的包打开，从里取出一堆东西，“这是嫂嫂给你做的汗衫，夏布的，夏天穿着凉快。这一包是榛子，你喜欢吃的，嫂嫂回山里老家时特地给你在树上打的。”

王崇典望着装有榛子的碎花布包，心里柔柔的，他知道，这布包是妻子亲手缝的，他想象着她拿着竹竿对着树上打榛子，小俊敏在地上捡拾的情景。

崇礼又取出一本大字本：“嫂嫂天天学写字，这上面都是她写的，写了几本了，她要我带一本给你看看。”

王崇典连忙接过打开翻看。这是他上次托王伯衡带回去的红色的米格习字本，上面写得满满的，字虽有些歪歪倒倒，但一笔一画都很认真，写的是“家”“涡阳”“南京”“崇典”“女儿”“俊敏”等等。王崇典看着看着，眼里有些湿了。

王崇典问：“俊敏好吗？”

崇礼答：“挺好，挺可爱。”

“你们呢？”

“挺好。佩媛怀孕了。”

王崇典高兴道：“怀孕好，怀孕期间，你要多照顾她。”

“嗯。”

“你在学校怎么样？”

崇礼望着哥哥，脸上浮现出笑容：“挺好的，学校提拔我，让我做了教研组副组长。”

王崇典笑道：“是吗？祝贺你！你工作一向认真，应该会干出成绩来的。哥为你高兴！”

崇礼说：“你要保重，家里都盼着你回去，特别我嫂嫂。”

王崇典脸转开，目光暗淡下去：“我又何尝不想回家呢。但，落到了他们手里，怕是很难。”

“你千万不要灰心，爸在为你争取。”

王崇典苦苦一笑：“不是我灰心，是现实如此。有些情况你不知道。如果我回不去了，做哥哥的拜托你，来日多多关心淑贞和俊敏。淑贞虽然能吃苦，毕竟是个女人，俊敏还小，需要关心爱护。”

崇礼眼泪下来了：“哥，你千万不要这样说，你一定会好好的，一定会回去的，一定……”

王崇典看到弟弟情绪失控，也很难受，停了停说：“生命诚可贵，我又何尝不想好好活着，与亲人们朝夕相处，享受生活呢？但这个社会实在是太腐朽了，太黑暗了，亟需变革，需要有一些人走到前列，去呐喊，去抗争，去奋斗，甚至做出牺牲。如今这牺牲的事摊到我头上了，我就得接受。这实在是没有办法的事。”

崇礼眼泪忍不住地流。

王崇典眼眶也湿了。

“家里有我上中学时写的一些话剧手稿，你替我收好，待俊敏长大了，交给她，告诉她，那都是她爸年轻时创作的作品。”王崇典说。

崇礼声音有些哽咽：“我一直收得好好的，还有你以前练字用的字帖，写的一些书法作品，一样都不少，装在家里的一只木箱里。”

王崇典目光对着窗外，显出无限神往的神情：“我真渴望能有宽裕的时间，好好地读读古代的碑帖，然后坐下来写写字。”

崇礼说：“会有这样的机会的，一定会的！”

王崇典点点头：“但愿如此。”

看守过来，随手将一只包丢给王崇典，说：“这是前些天有人来看你，带给你的东西。好了，时间已超过，回牢房了。”

王崇典深深地望了弟弟一眼，说：“你们多保重，回去碰到爸，向他问好，并代我向他说一句，这些年，做儿子的对他体贴孝敬不够，请他别往心里去。再见了。”

“哥，多保重！”

“好的，我们都保重。”

王崇典将弟弟带给他的东西及看守丢下的那个包裹一同拿在手里，被看守带回牢房。王崇典心里在想，谁来看我了，还带来这么一包东西？回到牢里，他把包裹打开。很显然，这包裹被人检查过了，里面整个是散乱的。有两条毛巾，一支牙膏，一件长袖格子衫，还有两盒子糕点，一包糖果，一本张裕钊的《宝剑赞》。《宝剑赞》是王崇典摆在宿舍床头平时经常翻阅的那本。如此细心周到，带来的两种糕点又都是他平日最爱吃的，一看就知道，来看望他的人是于一芝。其实在包裹打开前王崇典就已猜到是她了，只是不敢确定。王崇典面对着这一大包家里带来的和于一芝送来的东西，心里暖暖的。他把吃的东西拿出来分给狱友们吃。逼仄的监室里很难得地洋溢出一股欢快活跃的气氛。

王崇典的牺牲是在 9 月 27 日，农历八月十四日，中秋节的前一天。

似乎冥冥之中有一种预感，王崇典那一夜没有睡好，一直在草铺上翻来覆去，两眼不时望向铁窗外朗朗的月光。凌晨时分，王崇典正迷迷糊糊睡去，牢房的铁门哗啦啦响起，狱门随即打开，狱警传呼王崇典。王崇典知道最后的时刻到了，他从包裹里取出家里带来的夏布汗衫换上，再将长袖格子衫套在外面，与狱友们挥手告别。走到门口，只听到身后一声喊："崇典！"

王崇典停住步，慢慢转过身。那是中大艺术学院曹必慧失控的声音。天还没有大亮，牢房里灰蒙蒙的，几位狱友的脸都对着他，王崇典看不清哪张脸是曹必慧的，他停了停，只得对大家挥挥手："别了，多保重！"

这一天，与王崇典一同被杀害的还有齐国庆、史砚芬、李昌芬等。王崇典知道齐国庆被关的牢房与他相隔不远，因为放风时经常碰到，但不知道在他之前被捕的史砚芬也关在这里。为什么放风时从未碰到过他？难道他是要犯，不给放风？

王崇典等人被杀害的地点是南京郊区雨花台。

刑车驶向郊外，驶进山里。其时太阳还没有出来，东边的天空被霞光映照得通红，周围的山岗、树木、草丛、岩石，在乳白色的晨光里显得寂静而凝重。到了刑场，王崇典与几位战友下了囚车。黄土的路有些坑洼不平，路边的草叶上挂着露珠，露珠映着霞光一闪一闪发亮。王崇典想，最后的时刻到了。临刑，狱警要他跪下，王崇典不从。狱警走上前，粗暴地用靴子踢他，令他下跪，王崇典仍不从，挺身站着。狱警火冒三丈，举起枪托，连续砸他双膝，致使王崇典腿骨被砸断，"扑通"一声倒伏在地。

据后来目击者讲，王崇典被杀害后，双目怒睁，右眼珠跌出。①

---

① 参见许继轩《为了革命成功 我死亦值得》，《涡阳党史资料》（第一辑），安徽人民出版社，1995年版。

9月28日的《南京民生报》、上海《新闻报》同时登载了王崇典等人被杀害的消息，相识者无不为之痛惜。许多身在南京的同乡、同学、同志闻讯后赶往雨花台致哀，并相约捐资购置棺材。其后，王崇典的遗体由王崇礼及同乡李仲三等人运回故乡，归葬于涡阳城郊的王氏祖茔，其墓与爷爷奶奶及母亲的墓紧紧相依。来年春日，坟前生出了茵茵绿草，草地上开出了一片星星点点的小花……

（对在本书创作过程中给予极大关心与支持的亳州市文史委、涡阳县政协、涡阳县党史办、涡阳烈士陵园、涡阳城关街道向阳社区等单位与部门，特别是王崇典烈士的侄女王瑞萱女士，表示衷心地感谢！）

2018年3月于古城扬州

附录　王崇典年谱

1903 年 6 月 18 日

出生于安徽省涡阳县城华祖庙街（现为新华街）。字彝文，又字逸文。

1913 年

进入县立初等小学读书。

1916 年

进入县立高等小学读书，文章、书法均在全校闻名，常为同学传诵、临摹，街坊邻居刮目相看。

1919 年

春，十六岁的王崇典失去与他相依为命的祖母。

6 月，高小毕业。

9 月，随父到芜湖，入芜湖芜关中学读高中。接触到新思想，新文化，阅读《新青年》《每周评论》《湘江评论》《觉悟》等。

1921 年

阅读高语罕编写的安徽最早的传播马克思主义的读本《白话书信》，它通俗地叙述了科学社会主义基本知识，要求应用俄国十月革命的方法来解决中国社会问题。此书对王崇典影响最大。他开始从书本中，去探究时代思潮产生的根源，寻求无产阶级受苦受难的原因。

动员组织同学利用话剧形式在青年学生和进步教师中广泛宣传马

克思主义。在时代新思潮的深入影响和推动下，他对当时社会制度逐渐产生不满，连续创作出《春思》《李家庄》《烈焰》等剧本与小说，抨击封建制度，反对帝国主义，揭露反动统治阶级的罪行，剖析社会弊病，表现出时代青年追求无产阶级革命的强烈愿望。其作品先后刊发，在当时都具有强大的感召力。

1922 年

随着芜湖学生运动的不断高涨，各学校相继成立了学生自治会，王崇典被推选为芜关中学学生自治会会长，领导全校学生开展革命运动，同时往返芜湖涡阳之间，奔走在赴京沪的路上，为救国运动而呼吁。

1924 年

夏，高中毕业。

秋，返回家乡涡阳县城，受聘到县立高等小学从事国文教学。利用教学的有利条件，向教员和学生进行革命宣传，并利用课余和假期广交社会青年，传阅自己带回的《新青年》《星期评论》等进步书刊，给他们讲解马克思主义和革命道理。许多青少年从中受到启发，学到了许多革命知识。

冬，与葛淑贞成婚。

1925 年

春，与魏季高、王伯衡等，向涡阳进步教师和青年学生传送宣传马克思主义的书刊《中国青年》《向导》《经验批判论》等，以及马克思、列宁等革命领袖的画像。

5 月，上海发生“五卅惨案”，王崇典带领学校师生走上街头进行演讲，号召社会各界人士团结起来，声讨日本帝国主义的暴行，援助反帝爱国工人大罢工斗争。涡阳城中各校师生和社会各界进步人士在王崇典的领导下迅速成立以商学界为主的“沪汉罢工后援会”。

7 月 10 日，王崇典在城中孔子庙主持召开有二百余人参加的追悼顾正红烈士大会，声讨日军的暴行。

7 月底，考入上海大夏大学预科。

1926 年

3 月，为“三一八”惨案组织学生罢课，进行示威游行，揭露帝国主义干涉中国内政、践踏中国主权的罪行。

7 月，考入南京东南大学（后改为中央大学）法学系。时值国共合作，王崇典在上海、南京主动联合同学，为促进革命形势的发展而不遗余力地进行革命宣传，并被推举为皖北 7 县（阜阳、涡阳、蒙城、亳县、太和、颍上、霍邱）旅京学生会会长。

1927 年

2 月，加入中国共产党，后任中央大学党支部书记。

4 月，“四一二”反革命政变爆发后，在宁沪一带积极组织党内部的秘密活动，一边不断发展壮大党组织，一边寻找机会，待机起义。

6 月，婉拒陈访先、方治、刘真如等同学要他前往安徽省城高就的邀请。

7 月，汪精卫在武汉反动“七一五”反革命政变，与蒋介石联合公开反共，疯狂捕杀共产党员和革命群众，王崇典、王伯衡、魏季高被迫返回学校读书。

12 月 4 日，参加中国共产党南京市委召开的南京市第一次党员代表大会，被选为南京市委委员，主要负责党的发展与联络工作。

1928 年

1 月至 5 月，为争取更多的人站到革命阵营里，为给待机举行的武装暴动创造条件，他废寝忘食地奔走在中央大学、北极阁、玄武湖、鸡鸣寺、灵谷寺等处，秘密召开党团员会议，在南京市郊区散发传单、暗贴标语，发展组织，宣传马列主义，即使在病中也没停止下来休息片刻。

5 月 7 日，在南京成贤街的中央大学第二宿舍被捕。

9 月 27 日（农历八月十四日）凌晨，国民党反动当局见无法从王崇典口中得到任何有关我党内部情况的信息，无法使他改变立场为其所用，就以“中共南京市党部委员策动暴动案”的罪名为由，将他与齐国庆（中央大学中共地下党委书记）、余晨华（中共地下党江苏省委负责人）、史砚芬（共青团江苏省委巡视员）、李昌芬等四人判处死刑，押赴雨花台处死。时年仅二十五岁。